Rainer Brambach
Für sechs Tassen Kaffee
und andere Geschichten

Diogenes

Ein Teil der vorliegenden Geschichten
erschien 1961 unter dem Titel ›Wahrnehmungen‹
im Fretz & Wasmuth Verlag, Zürich

1.–3. Tausend 1972

Alle Rechte vorbehalten
Copyright © 1972 by
Diogenes Verlag AG Zürich
Gesamtherstellung Welsermühl Wels
ISBN 3 257 01494 5

Inhalt

St. Alban-Vorstadt 7
Für sechs Tassen Kaffee 9
Die Gesangstunde 18
Das andere Zimmer 28
Känsterle 36
Wahrnehmungen 41
  Bericht eines Versehrten
  Bellezza
  Zwanzig Jahre
  Unser Koch
  Besuch bei Franz
  Grillen
Keine Post für Fräulein Anna 53
Nava 59
Bei Wein und Nüssen 66
Der Soldat und ein Hausdiener 71
In der Baracke 78
Das Haus in der Vorstadt 88
Dreimal Kopfschütteln 95
Justus oder Im Sommer
sind Mansarden heiß 100

St. Alban-Vorstadt

Die St. Alban-Vorstadt beginnt nahe der Wettsteinbrücke und endet beim St. Alban-Tor. Oder umgekehrt. Die Straße verläuft parallel zum Rhein und ist – von wenigen Ausnahmen abgesehen – beidseitig mit ehrwürdigen Häusern gesäumt. Die ältesten Häuser, im vierzehnten, fünfzehnten und sechzehnten Jahrhundert erbaut, tragen alle einen Namen, der in Zierbuchstaben über der Haustüre steht, Namen wie ›1366 Hus bym Bryden-Thor‹ oder ›1422 Ulrich Lörtschers des Schindlers Hus‹ oder einfach ›Zum Sausewind‹. Ich wohne seit Jahren an der St. Alban-Vorstadt in einer geräumigen Mansarde komfortabel auf einem Estrich, der so still ist, wie das nur ein dämmriger Estrich sein kann.

Ich bin mit Paul Celan durch die ›Dalbe‹ (Dialektausdruck für St. Alban) gegangen, Hans Magnus Enzensberger kam vorbei, Günter Grass hielt auf der Durchreise in Richtung

Zürich, Hans Bender stieg hinauf zu mir ins luftige Juhe, und Günter Eich fand inspizierend, dies sei ein guter Platz zum Schreiben. Links und rechts von mir an der Straße wohnten einst Jacob Burckhardt, ein wenig vor dem ersten Weltkrieg Hermann Hesse, der sich über das Gerumpel der Droschken auf dem Kopfsteinpflaster beklagt haben soll, dann Friedrich Dürrenmatt, Jürg Federspiel und der zarte, auserlesenen Tee trinkende Lyriker Siegfried Lang.

Sechs Dichter hat keine andere Straße in Basel aufzuweisen. Das spricht für sie.

Für sechs Tassen Kaffee

An »Fußball spielen verboten« und »Hunde sind an der Leine zu führen« vorbei kommt Wenzel frühmorgens durch den Stadtpark. Er ist unterwegs zu Krebs, der seinen Ausschank, eine giftgrün gestrichene Bretterbude, am Platz vor dem Hauptportal hat.
Wenzel hat, wie so viele Nächte im Hochsommer, unter einem Gebüsch im Park geschlafen; er muß jetzt einen Kaffee haben. Er braucht dringend einen starken Schwarzen, ungezuckert, versteht sich; ein Gewitter hat ihn im Schlaf überrascht, er ist naß bis auf die Haut und möchte wieder ins Lot kommen.
Krebs wird mit sich reden lassen. ›Krebs muß mit sich reden lassen‹, denkt Wenzel, während er unversehens auf etwas Weiches tritt. Er bleibt stehen, guckt nach unten, und seine Augen werden groß. Was denn? Er ist nicht in einen Hundsdreck getreten, wie schon oft, nein, da liegt dicht neben dem

Rasenbord, das den Weg säumt, eine braunlederne Brieftasche. Wenzel bückt sich, steckt das Leder flugs ein, verschwindet hinter einer Sträuchergruppe in Deckung; er kommt kurz darauf wieder hervor und geht weiter. Wie ein Mann, der nur rasch mal abseits ein kleines Geschäft verrichten mußte, geht Wenzel weiter durch den Park zu Krebs.
»Morgen, Krebs«, sagt Wenzel. »Ziemlich frisch heute, was?«
Krebs kommt vom Ausguß her an die Theke; er trocknet sich die Hände an der Schürze ab.
»Wie wär's mit einem Kaffee?«
Krebs läßt sich Zeit. Er mustert Wenzel ausgiebig.
»Wie wär's?« wiederholt Wenzel.
»Geld«, sagt Krebs. Das Wort fällt wie ein Hammer. »Du Rabe schuldest mir sechs Tassen Kaffee. Damit hat sich's.«
Wenzel schiebt seinen zerbeulten Filz ins Genick; er schaut über den Platz auf das Reiterstandbild, er betrachtet ein paar Tauben, die kopfnickend herumtrippeln, und verfolgt den Bus, der eben mit sanftem Gebrumm wegfährt. Wenzel wendet sich wieder Krebs zu: »Geld? Wenn's weiter nichts

ist! Sag mal, Krebs, du nimmst doch auch ausländisches Geld, nicht wahr?«
Krebs greift nach einem Lappen; er wischt ausholend die Theke blank: »Kommt darauf an. Find ich doch neulich abends beim Kassasturz eine türkische Lira im Fach. Wieso? denk ich. War ja gar kein Türke da. War am Vormittag ein Makkaroni da, der seine Zeche mit vierhundert Lire in Münzen bezahlt hat. Na, ich mußte allerhand Kundschaft bedienen, und da hat mir dieser Gauner in der Eile das türkische Scherflein angedreht.«
»Pech«, sagt Wenzel. »Aber wenn ich nun einen Hundertdollarschein in der Tasche hätte?«
Krebs hält inne: »Einen was?«
»Du hast richtig gehört. Einen Hundertdollarschein.«
»Oh, du verdammter Aufschneider«, lacht Krebs. Er geht zur Kaffeemaschine, nimmt eine Tasse vom Gestell, läßt sie bis zum Rand vollaufen, kommt zurück und stellt die Tasse samt einem Untersatz vor Wenzel hin auf die Theke. »Heiß. Verbrenn dir den Lügenschnabel nicht!« sagt Krebs.
Wenzel schiebt die Zuckerbüchse spielerisch

hin und her; er nimmt einen Löffel aus dem Besteckkasten und schlägt ihn leicht an die Tasse: »Wenn ich nun Glück gehabt hätte? Wenn mir ein hübscher grüner Schein in die Tasche gewandert wäre ... Was meinst du?«
Krebs schweigt. Er schaut Wenzel an.
»Nun?« drängt Wenzel.
Krebs schweigt noch immer, aber Wenzel spürt, der Budiker überlegt sich die Antwort sorgfältig.
»Angenommen«, sagt Krebs endlich, »– angenommen, du hast hundert Dollar in der Tasche, so könnte ich sie dir nicht wechseln. Hundert Dollar sind viel Geld, auch für'n Mann wie mich. Mächtig viel Zaster ist das. Ungefähr das Vierfache in unserer Währung.«
»Ich müßte also zur Bank gehen.«
Krebs nickt: »Du müßtest versuchen ...«
»Versuchen?« unterbricht Wenzel. »Wieso versuchen?«
Jetzt lächelt Krebs. Er rümpft seine fleischige Nase, er zeigt seinen Goldzahn, er kratzt sich hinterm Ohr: »Hast du in letzter Zeit mal in einen Spiegel gesehen, Wenzel?«
Nein, Wenzel hat seit Tagen in keinen Spie-

gel gesehen. Wozu auch. Er kennt seine Visage.
»Gar nicht so einfach für dich, einen Hundertdollarschein zu wechseln«, sagt Krebs. »Es könnte doch sein, der Beamte am Schalter nimmt dich ein wenig unter die Lupe. Wie? Er könnte sich fragen: Woher hat dieser Landstörzer da hundert Dollar? Einmal mißtrauisch geworden, winkt er womöglich der Polizei...«
Wenzel hat seinen Kaffee vergessen; er muß rasch einen Schluck nehmen. Krebs hat völlig recht. Wie sieht er denn aus! Sein Anzug ist sein Schlafanzug, sein Sonntagsgewand und Werktagskleid in einem.
»Na schön«, sagt Wenzel. »War ja alles nur Spaß, nicht wahr?«
Krebs lächelt noch immer.
»Ich schulde dir sieben Tassen Kaffee.«
»Sechs«, sagt Krebs. »Diese da schenk ich dir.«
»Du kriegst dein Geld. Morgen oder übermorgen zahle ich.«
»Sicher«, sagt Krebs. »Laß dir Zeit.«
Wenzel dreht sich um. Er will über den Platz. Wohin denn, wohin, ach, irgendwohin! Er ist so verdammt mutlos plötzlich.

»Du, Wenzel, hör mal!« ruft Krebs. »Seit wann trinkst du den Kaffee gezuckert?«
Wenzel kommt an die Theke zurück. »Gezuckert? Wieso? Hab ich Zucker genommen?«
»Gib den Schein her«, sagt Krebs leise. »Gib ihn her, ich wechsle ihn für dich. Komm gegen fünf herum wieder vorbei. Um diese Zeit ist wenig Betrieb hier.«
»Gut«, sagt Wenzel ergeben, aber wie er um fünf über den Platz zurückkommt, da klingelt die Ladenkasse dauernd im Ausschank. Eine lange Zeile Bierflaschen steht auf der Theke. Krebs ist in großer Form; er schenkt ein, kassiert und unterhält sich zwischendurch mit der Kundschaft. »Da haben Sie ganz recht«, sagt er zu einem hageren Griesgram: »Buttermilch ist noch immer das beste für einen vom Saufen entzündeten Magen. Kennen Sie übrigens die Geschichte von den beiden Fröschen? Nicht? Also: Zwei Frösche fielen in einen Milcheimer. Der eine Frosch versuchte verzweifelt, an den glatten Wänden hochzukommen. Dabei wurde er schließlich so müde, daß er versank. Der andere Frosch hingegen paddelte ruhig im Kreis herum, immer im Kreis herum. Am

nächsten Morgen fand ihn der Bauer. Der Frosch saß auf einer Insel aus Butter. Wie ist's, wollen Sie noch eine Flasche Bier?«

Der Griesgram blickt sauer. Ein rauhes Gelächter erhebt sich. Krebs strahlt; er versteht es, seine Gäste bei guter Laune zu halten.

Inzwischen hat sich Wenzel im Schatten der Rückwand auf eine umgestülpte Kiste gesetzt. Er hört Krebs drinnen wirtschaften, hört das Gezisch der Kaffeemaschine und undeutlich das Gebabbel der Trinker; er geht erst wieder nach vorne, nachdem es still geworden ist.

»Komm nur her«, sagt Krebs, »– die Blase ist abgezogen.«

Wenzel greift nach dem Glas voll Zahnstocher, das auf der Theke steht; er nimmt ein Hölzchen heraus und steckt es in den Mundwinkel.

»Was hat der Herr den ganzen Tag über getrieben?« will Krebs wissen.

»Ich saß am Fluß. Die Wolken zogen, die Mücken tanzten, und die Fische sprangen.«

»Na, so ein Leben möchte ich mir auch einmal gestatten«, sagt Krebs. Er wendet sich zur Kasse, drückt auf den Knopf, die

Schublade schießt heraus; Krebs zählt drei Zehnmarkscheine, einen Fünfer, ein Zweimarkstück und eine Anzahl kleiner Münzen vor Wenzel hin.

»Zehn Dollar gleich zweiundvierzig Mark, abzüglich drei Mark für die sechs Tassen Kaffee«, sagt Krebs.

Wenzel steht da. Er betrachtet das Geld. Worauf wartet er noch?

»Stimmt was nicht?« fragt Krebs.

»Zehn«, sagt Wenzel. »Zehn? Ich habe dir hundert gegeben.«

»Hundert? Du spinnst wohl! Zehn hast du mir gegeben.«

»Also hör mal, Krebs...« Wenzel schweigt. Eine rundliche Frau ist hinzugekommen.

»Sie wünschen?« fragt Krebs.

»Geben Sie mir ein Eis«, sagt die Frau.

»Tut mir leid, bin ausverkauft.«

Wenzel und Krebs warten, bis die Frau außer Hörweite ist.

»Also hör mal, Krebs, damit wirst du es nicht weit bringen...«

»So. Was soll das heißen? Du willst mich erpressen, wie? Nimm dein Geld und laß dich hier nie wieder...« Krebs schweigt. Ein Mann steht an der Theke.

»Sie wünschen?«
»Einen Espresso«, sagt der Mann.
Wenzel versucht das Geld einzustecken. Seine Hände zittern, er muß sich Zeit lassen, seine Hände zittern wie nie zuvor. Der Mann am Ende der Theke schaut neugierig herüber.
»Sie wünschen: Bitte schön, Sie wünschen?«
Wenzel schaut hoch. Er steht in einer Drogerie. Die Augen des jungen Drogisten, der vor ihm steht, funkeln belustigt hinter der Brille.
»Eine Flasche Benzin«, sagt Wenzel.
»Benzin. Gerne. Aber wir führen nur Reinbenzin.«
»Egal«, sagt Wenzel, »– wenn's nur brennt.«

Die Gesangstunde

Nicht daß ich Lust zum Singen verspürt hätte, nein. Aber ich wollte nicht mehr dauernd die nackte Glühbirne, das hochgelegene Fenster und die vier kahlen Wände ansehen.
»Warum meldest du dich nicht zum Gesangchor, Trübsalbläser?« hatte vor einigen Tagen der Hinkende Bote zu mir gesagt. Wir nannten den Bibliothekar so, weil er ein Holzbein hatte, mit dem er sich in den hallenden Gängen – tack, tack, tack – einmal wöchentlich, mit Büchern beladen, ankündigte.
Gegen das Wochenende stand der Wachtmeister bei mir drin. »Zellenkontrolle«, sagte er barsch.
»Ich möchte dem Chor beitreten«, sagte ich und strich eine Falte in der Wolldecke glatt.
»Singen?« Sein Schnauz hob sich.
»Ja«, sagte ich und drehte an meinem Jakkenknopf.
Er blinzelte mich an, er, bieder und schlau

aussehend, der Wachtmeister, ein gewaltiger Herr. Auf der Schwelle drehte er sich um und schnaubte: »Junge Vögel, die zu früh singen, holt die Katz.«
Die Tür fiel ins Schloß.

Die Gesangstunde fand in der Korbflechterei statt, einem kleinen, düsteren Saal, in welchem es immer nach Weiden und welkem Laub roch, auch wenn die Fenster offenstanden.
Aus einer Gruppe von etwa dreißig Gefangenen – ›Ein stattlicher Verein‹, dachte ich – kam ein kleiner Mann auf mich zu. »Ich bin der Dirigent. Als solcher werde ich im ganzen Bau angesprochen, und merk dir, ich versteh was von der Sache!« Ich sah ihn an: schmalbrüstig, ein Kranz kurzgeschorener grauer Haare; das Gesicht verwischt, als wäre Mehl daraufgefallen. Das Gesicht des Sträflings, der viele Jahre in der Zelle zugebracht hat. Und sonst? Auf seiner Karte, vorn im Verwaltungshaus, stand wohl: Besondere Kennzeichen – Keine.
»Ich muß dich prüfen, sing etwas«, sagte der Dirigent. Ich stand da wie ein Hammel; mir fiel nichts ein.

»Sing ein Lied, irgendeines!« Der Schatten eines Lächelns kam auf seine Lippen.
»Nun, ein Frühlingslied oder ein Weihnachtschoral, vielleicht irgend etwas Vaterländisches wird dir doch einfallen?«
Der Gesangverein kam in Bewegung. Ich sah breit grinsende Mäuler. ›Zum Henker!‹ dachte ich und legte los: »Hab oft im Kreise der Lieben, im duftigen Grase geruht...« Ein Gelächter erhob sich. Der Wachmann blickte, neben der Tür sitzend, von seiner Zeitung auf. »Es genügt«, sagte der Dirigent, »ein Tenor bist du nicht, schade, an Tenören mangelt es immer. Aber vielleicht wirst du noch ein brauchbarer Bariton.« Er blickte streng um sich. »Aufstellen zur Probe!« Wir bildeten einen Halbkreis.

Die Gesangstunde gefiel mir. Ein langer Kerl, ein Schneider, der beim Singen immer seitlich rechts hinter mir stand und erste Stimme sang – die erste Stimme war fast durchwegs von den Schneidern besetzt –, sagte mir einmal, daß der Dirigent früher, als er noch draußen war, Organist gewesen sei. Und etwas von der früheren Kunstfertigkeit des Organisten war noch aus dem asthmatischen Harmonium zu hören, wenn der Dirigent sich davor setzte, um uns einen Choral vorzuspielen.

Die Auswahl an Liedern war bescheiden. Unser Verein war nicht musikalisch; er war es ganz und gar nicht. Es klang mehr wie das Geschrei eines Indianerstammes auf dem Kriegspfad, wenn wir ein fröhliches Lied sangen, und es tönte ungefähr wie das Geheul der Klageweiber an der berühmten Mauer, wenn wir ein trauriges Lied anstimmten. Aber wir sangen. Wir sangen: »Ich muß ein Schnäpslein han, ja, Feuerwasser muß ich han...« und »Wer hat dich, du schöner Wald, aufgebaut so hoch da droben...« und noch andere Wald- und Wiesenlieder. Unser Paradestück blieb aber unbestritten das ›Elslein von Caub‹. Wenn das ›Elslein‹ an die Reihe kam, legten sich die Köpfe der Schneider schief, die Augen verklärten sich, und »Elslein, schön wie die Rose im Laub« wurde getragen von den Bässen, die tief untendurch hummelten.

»Wenn ihr den Weihnachtschoral zur Feier im Bethaus ebenso schön singen würdet!« sagte der Dirigent. Er betrachtete uns, als wären wir vom Aussatz befallen.

In den Pausen standen wir in Gruppen beisammen oder setzten uns auf die von unzähligen Hintern blankgewetzten Korbmacherbänke. Der Dirigent richtete es ein, daß er seinen Platz neben mir bekam; er suchte meine Nähe, ich hatte es seit einiger Zeit bemerkt.
»Ich mag dich«, sagte er einmal zu mir, »du bist nicht hinterhältig wie die vielen kleinen Milchflaschenschelme, die hier den Bau verpesten.«
Ich sah gegen das Fenster hin: draußen Nacht und ein schwerer Regen, der auf das Kopfsteinpflaster im Hof rauschte.
»Du bist auch nicht schmierig wie die Heiratsschwindler oder brutal wie –« Er brach ab.
»Brutal wie wer?« fragte ich.
Wir schwiegen eine Weile; dann legte er behutsam seine Hand auf meinen gestreiften Ärmel, eine zarte, nervöse Hand.
»Brutal wie Treibel!« sagte er plötzlich.
»Treibel, wer ist das? Ich kenne ihn nicht«, gab ich zur Antwort und dachte: ›Was ist los mit ihm – er sieht merkwürdig verstört aus.‹
»Er kann alles«, sagte der Dirigent dicht an meinem Ohr, »aber ich will nichts mehr mit

ihm zu tun haben und möchte, daß er auch mich in Ruh läßt.«

Der Regen setzte aus. In den Bäumen jenseits der Mauer war ein Wehen. Ein Bassist, der am Ende der Bank saß, ließ ein langhallendes, knarrendes Geräusch von sich. »Die Erbsen!« murmelte er. Niemand achtete darauf, fast alle waren mit Tauschgeschäften – Brot gegen Kautabak – beschäftigt. Der lange Schneider fuchtelte auf den Hinkenden Boten ein: »Wie willst du das fertigkriegen, hä? Sie werden dich so prügeln, daß du dich in kürzester Zeit in einen leblosen Sack verwandeln wirst. Da kann der Meziehe lang seinen Kiesreiber zücken ...« Er sah schnell zum Wachmann hinüber und zog den Boten hinter einen Stoß halbfertiger Körbe.

Der Dirigent rückte näher: »Treibel kommt zu mir in die Weberei, zu mir, zu mir; er plagt mich.« Seine Hand löste sich von meinem Arm, fuhr in die Hosentasche und brachte ein zerknülltes Tuch hervor. Der Dirigent wischte sich die Stirn.

›So was Verrücktes!‹ dachte ich und fragte, indem ich ein sorgloses Lächeln versuchte: »Ja, was sagt denn der Treibel zu dir?«

Der Dirigent redete jetzt wie zu sich selbst: »Treibel spricht über viele Dinge, die ich nicht ertrage. Das letztemal sagte er: ›Draußen liegt jede Nacht zwischen zwei Tagen, aber hier drinnen, Dirigent, liegt jeder Tag zwischen zwei Nächten.‹ Ich ging mit der Schere auf ihn los, aber er wich so schnell aus, daß ich den Aufseher, der mir gewiß helfen wollte, traf. Treibel hat mir Dunkelarrest eingebracht, aber auch dort unten kam er zu mir, um den Wasserkrug auszuschütten und mein Brot zu stehlen.«
Ich hörte auf den Regen, der zögernd erst und dann brausend einsetzte.
Dann trat der Wachmann zu uns. »Feierabend«, sagte er. Als wir den Zellengang entlangschritten, sah ich den Dirigenten von der Seite her an. Er hatte das Gesicht eines Fieberkranken.

Die Zeit rückte zähe. Die Zeit, die vor mir lag, schien mir wie ein unermeßlich verhängter Himmel, und die Zeit, die hinter mir lag, wie ein Berg grauer Asche. Das Fenster war morgens nun oft mit Eisblumen beschlagen. Dünne Schneeflocken wirbelten vor dem Gitter.

Ich ging zur Probe. Der Dirigent war vollauf beschäftigt, uns den Weihnachtschoral einzupauken; aber ich stand gleichgültig inmitten der Vereinsbrüder, und gleichgültig betrachtete ich meine so trostlose, armselige Umwelt. ›Du bist eingelocht‹, dachte ich manchmal, ›... und wann du jemals überhaupt hier rauskommen wirst, ist nirgends beschlossen. Kein Hund bellt nach dir, du bist vergessen. Du bist mehr als vergessen, du bist ein toter Mann. Wozu also singen? Ein toter Mann kann nicht singen!‹
Ich hockte in meiner Zelle; der Schnee fiel nun seit Tagen in dicken Flocken; ich hockte da, mit nichts beschäftigt, nicht einmal mit meinem Unglück.
Die Türklappe ging auf. Der Wachtmeister streckte den Kopf herein und sagte: »Fertigmachen zur Feier!«
»Halt's Maul und verschwinde, verdammter Dickhäuter!« sagte ich und erschrak sofort über meine Worte.
»Waaa –!« Er schnappte nach Luft. Sein Doppelkinn begann vor Entrüstung zu wackeln. »Dir werd ich helfen, du kommst mir auf den Rapport!«
Klirrend schlug die Klappe zu.

Ich drehte mich wie ein Kreisel, obwohl ich ganz still und betäubt dastand. Auf dem Gang war das Holzschuhgeklapper der abmarschierenden Gefangenen zu hören. Dann wurde es still. Ich setzte mich auf die Pritsche und griff nach dem Buch, das mir der Hinkende Bote heute früh auf den Tisch gelegt hatte. Wahllos und abwesend blätterte ich die Seiten um. Als ich ungefähr in der Mitte war, begann ich zu lesen:

Ich sage, was ich will. Du weißt es, aber du sagst es nicht. Wohin soll ich gehen? Ich kann nicht sagen, wohin ich gehe. Ich sage es nicht. Wir wollen es nicht sagen. Wir können es nicht sagen. Was sagst du dazu? Wer sagt es? Alle sagen es, und wer es nicht sagt, denkt es. Der Pessimist sagt: Jeder Tag liegt zwischen zwei Nächten, aber der Optimist sagt: Jede Nacht liegt zwischen zwei Tagen...

Ich hob den Kopf: ›Wo habe ich das schon gehört?‹

Dann las ich weiter:

Ich sage immer nein, auch wenn ich ja sagen soll. Warum tue ich immer, was ich muß, und nicht, was ich soll? Viele große Männer verdanken alles ihrer Mutter. Ich schulde

euch nichts mehr. Seit einiger Zeit bin ich in der neuen Wohnung und bin wirklich ...
»Nein!« schrie ich und schleuderte das Buch fort. Es fiel auf den Kübel, der in der Ecke stand.
Nichts rührte sich. Alle waren bei der Feier. Von irgendwo im Gewölbe, weit entfernt erst, dann näherkommend, vernahm ich Schritte. Sie waren gleichmäßig, gelassen, großausholend.
Ich stieg auf den Hocker und öffnete das Fenster. Der Wind trieb Schnee herein. Mir war, als sähe ein festes Auge durch das Guckloch in der Türe auf mich.
»Willkommen!« sagte ich.

Das andere Zimmer

Es klopfte an die Türe. Ich stand auf und öffnete.
»Da bin ich!« sagte er und lächelte.
»Wahrhaftig, da bist du«, sagte ich gedämpft und schloß die Türe hinter uns.
»Freust du dich nicht?« Er ging einige Schritte durch das Zimmer. Die heiße Julisonne schien durch das weit offene Fenster auf den Teppich und auf den Schreibtisch, und sie schien auch auf sein Gesicht.
»Freust du dich gar nicht?« fragte er blinzelnd.
Ich betrachtete ihn. Er war mager und ungesund blaß. Er sah aus, als käme er geradewegs aus jenem feuchten Loch, in dem wir nach Kriegsende zusammen gehungert hatten. Vielleicht sah er noch schlechter aus als damals; ich wußte es nicht, es war zu lange her.
»Natürlich freue ich mich. Verzeih, dein Besuch kommt so überraschend«, sagte ich nach einer Weile.

Er griff nach einem Stuhl und setzte sich: »Also hör mal, es ist alles geregelt; meine Wirtin erwartet dich!«
Seine Wirtin erwartet mich. Da hatte ich's. Die einfachste Sache der Welt. Seine Wirtin erwartet mich!
»Na schön«, sagte ich und griff nach dem Brieföffner auf dem Tisch, »aber ich möchte zunächst doch lieber ...« Ich sah auf das Instrument in meiner Hand, als wäre im blanken Metall die Lösung für das, was nun folgen würde, eingeritzt.
»Was möchtest du lieber ...?« fragte er leise. »Wir haben es doch so abgemacht. ›Gut, wir tauschen unsere Zimmer!‹ hast du gesagt. Soll ich nun die Reise umsonst gemacht haben, wie?«
Ich schwieg. Von der Straße her war das sausende Geräusch vorbeifahrender Autos zu hören.
»Vielleicht könnte ich dich anderswo unterbringen!« sagte ich endlich und legte das kühle Metall auf den Tisch zurück.
»Anderswo? Ich will nicht zu fremden Menschen. Ich will nicht ins Hotel. Ich möchte, daß du unsere Abmachung einhältst.« Seine Augen wanderten vom Tep-

pich zum Bett, dann zu den Büchern und weiter bis zu der Truhe neben der Türe.
»Was für schöne Bücher!« sagte er schließlich, »wenn du weg bist, werde ich da mal tüchtig stöbern.«
Es war nichts zu machen mit ihm. Er wollte sich hier einnisten, und ich hatte großzügig zugestimmt damals. Wann, damals? Ich versuchte mich zu erinnern.
Es gab nur noch eines: »Wir könnten vielleicht hier zusammen hausen für ein paar Tage. Du störst mich nicht, nein, im Gegenteil...«
Das war gelogen, und ich schämte mich ein wenig.
»Hm«, machte er, »aber wohin mit dem Mädchen?«
»Mädchen?«
»Ich hatte es dir verschwiegen«, sagte er.
Ich sah gegen das Fenster; ein Wolkenschatten nahm für Sekunden das Sonnenlicht weg.
»Woran denkst du?« mahnte er.
»Hast du Hunger?« antwortete ich.
»Das ist im Augenblick unwichtig«, unterbrach er mich, »sag mir jetzt, ob ich auf dich zählen kann?«

»Komm in die Küche«, sagte ich und erhob mich, »komm und erkläre mir nachher, wie ich zu fahren und wo ich umzusteigen habe.«

»Rottham«, sagte die blecherne Lautsprecherstimme: »Rottham, der Zug fährt in drei Minuten weiter nach ...« Die folgenden Worte wurden durch das Getöse einer Rangierlokomotive verschluckt.
Ich stand auf dem Bahnsteig und sah mich um. Hinter Rauch, Ruß und Rost konnte ich verschnörkeltes Eisenwerk, finstere Durchgänge und Wartlokale erkennen.
›Man soll eine fremde Stadt nicht nach ihrem Bahnhof beurteilen‹, dachte ich und ging rasch dem Ausgang zu.
Draußen ging ich zunächst über einen grob gepflasterten Platz; er war von Miethäusern gesäumt, und einige schüttere Platanen standen wie zufällig hingepflanzt herum.
Was hatte er gesagt? »Viel Fachwerkhäuser, eine frühgotische Altstadt, alles eingebettet in eine reizvolle Umgebung. Es wird dir gefallen...«, hatte er gesagt.
Ich überholte eine alte Frau. Sie schleppte einen Tragkorb und ein zerfranstes Bügelbrett mit sich.

»Verzeihung, ich möchte nach der Leinengasse; sie muß hier in der Nähe sein.«
Ein abweisender Blick traf mich.
»Leinengasse? Können Sie mir sagen, wo ich...«
Die Frau murmelte etwas vor sich hin und setzte beharrlich ihren Weg fort.
Ich bog in die nächste Gasse ein. ›Weiter, weiter!‹ dachte ich und wechselte mehrmals die Richtung, aber nichts deutete auf eine Altstadt hin, wie er sie mir geschildert hatte, nein, die Häuser glichen sich ohne Unterschied, sie reihten sich aneinander, grau und gesichtslos.
»Verzeihung, ich suche die Leinengasse. Können Sie mir sagen, wie ich da hinkomme?«
Der Mann, der im Erdgeschoß am Fenster saß, schien schwerhörig zu sein.
»Hallo!« schrie ich und wiederholte meine Frage.
Endlich hob er den Kopf: »Sie stehen ja mittendrauf, Sie Narr!«
»Da müßte aber eine Tafel angebracht werden!« stellte ich fest.
»Hier müßte noch vieles angebracht werden!« sagte er böse.

Während ich langsam weiterging und auf die Nummern über den Türen achtete – sechsundvierzig, achtundvierzig A, ein Hofeingang achtundvierzig B –, wuchs in mir ein beklemmendes Gefühl – vierundfünfzig, sechsundfünfzig –, ein Gefühl von Angst und zugleich brennender Neugier. Ich beschleunigte meine Schritte – achtundfünfzig, zweiundsechzig, sechsundsechzig –, ich rannte durch die Gasse wie ein Wahnsinniger – vierundsiebzig, achtundsiebzig, zweiundachtzig, achtundacht ... Halt. Hier war es.
Ich blieb keuchend stehen und begann nach dem Namen seiner Wirtin neben den Klingelknöpfen zu suchen.
Schwark, las ich, Müller, Wiensowsky, Götze. Ich las weiter. Kammermann, ein Schildchen fehlte, Resiger, Lohwick.
Ich trat zurück und sah an der nackten Backsteinfassade hoch: »Lohwick, im vierten Stock.«

»Suchen Sie jemand?« fragte eine sanfte Stimme.
Ich konnte die Sprecherin nicht sehen; sie war ein Stockwerk tiefer, wohl durch mein

unruhiges Hin- und Hergehen aufgescheucht, auf den Gang herausgekommen.

»Ich möchte zu Frau Lohwick«, rief ich nach unten.

»Frau Lohwick! Haben Sie auch fest geklingelt?«

»Mehrmals!« sagte ich.

»Dann ist sie nicht da. Sie ist überhaupt selten da.«

Ich hielt mich am Geländer fest. »Aber wohin mit dem Mädchen?« hatte er gesagt. Jenes beklemmende Gefühl, das mich auf der Gasse befallen hatte, war wieder in mir; es wuchs, und ich hörte mein Herz schlagen.

»Kennen Sie vielleicht den Untermieter, so einen Langen, Blonden?« fragte ich.

»Ja. Aber sein Zimmer ist nicht in der Wohnung.«

»Nicht in der Wohnung! Wo denn?«

»Da müssen Sie auf den Speicher. Ganz hinten im Gang, die Türe links.«

»Vielen Dank!« sagte ich und horchte nach unten. Es kam keine Antwort mehr.

Ich erklomm die schmale Treppe, die auf den Speicher führte. Oben blieb ich eine

Weile stehen; meine Augen mußten sich erst an das Zwielicht gewöhnen.
Dann drückte ich behutsam auf die Klinke. Die Tür war unverschlossen, und ich trat in ein niederes Dachzimmer. Es war leer. Außer einem Stoß vergilbter Zeitungen an der Fensterwand war es vollkommen leer.

Känsterle

Wallfried Känsterle, der einfache Schlosser, sitzt nach Feierabend vor dem Fernsehschirm. Wo denn sonst? – Tagesschau, Wetterkarte; die Meisterschaft der Gewichtheber interessiert Känsterle.
»Mach den Ton leiser, die Buben schlafen!« ruft Rosa, die in der Küche Geschirr gespült hat und nun hereinkommt.
Känsterle gehorcht.
»Es ist kalt draußen«, plaudert sie, »wie gut, daß wir Winterfenster haben. Nur frisch anstreichen sollte man sie wieder einmal. Wallfried, im Frühjahr mußt du unbedingt die Winterfenster streichen. Und kitten muß man sie! Überall bröckelt der Kitt. Niemand im Haus hat so schäbige Winterfenster wie wir! Ich ärgere mich jedesmal, wenn ich die Winterfenster putze. Hast du gehört?«
»Ja, ja«, sagt Känsterle abwesend.
»Was macht denn der da?« fragt Rosa und

deutet auf den Fernsehschirm. »Der könnte seine Kraft auch für was Besseres gebrauchen! Stell das doch ab, ich hab mit dir zu reden!«

»Gleich, gleich!« sagt Känsterle und beugt sich etwas näher zum Schirm.

»Herr Hansmann im Parterre hat im letzten Sommer seine Winterfenster neu gekittet und gestrichen, obwohl es gar nicht nötig war. Nimm dir mal ein Beispiel an Herrn Hansmann! Seine ganzen Ferien hat er dran gegeben. So ein ordentlicher Mann... Übermorgen ist Sankt Nikolaus. Erinnerst du dich an Herrn Weckhammer? Ich hab heut im Konsum seine Frau getroffen, ganz in Schwarz. Der alte Weckhammer ist umgefallen, beim Treppensteigen, Herzschlag.«

Känsterle drückt auf die Taste ›Aus‹.

»Ein Trost«, fängt Rosa wieder an, »daß die Weckhammerschen Kinder aus dem Gröbsten raus sind. Die Witwe fragt, ob wir den Nikolaus gebrauchen könnten. Eine Kutte mit Kaninchenfell am Kragen, schöner weißer Bart, Stiefel, Sack und Krummstab, alles gut erhalten. Nur vierzig Mark will sie dafür, hat sie gesagt. Mein Mann wird kommen und ihn holen, hab ich da gesagt. Nicht

wahr, Wallfried, du wirst doch Paul und Konradle die Freude machen?«
Känsterle schaut auf die matte Scheibe.
»Wallfried!« ruft Rosa.
»Aber Rosa«, murmelt Känsterle hilflos, »du weißt doch, daß ich nicht zu so was tauge. Was soll ich denn den Buben sagen? Ein Nikolaus muß ein geübter Redner sein! Muß gut und viel sprechen...«
Rosa glättet mit der Hand das Tischtuch und schüttelt den Kopf, wobei der Haarknoten, trotz des Kamms, der ihn wie ein braunes Gebiß festhält, eigensinnig wackelt.
»Vermaledeiter Stockfisch!« zischt sie. »Nicht einmal den eignen Buben willst du diese Freude machen! Dabei hab ich schon im Konsum Nüsse, Datteln, Feigen, ein paar Apfelsinen und alles eingekauft!«
Känsterles Gemüt verdüstert sich. Er denkt an das schwere, ihm aufgezwungene Amt.

Eine verstaubte Glühbirne wirft trübes Licht. Känsterle steht auf dem Dachboden; er verwandelt sich zögernd in einen Weihnachtsmann. Die Kutte, die den Hundertkilomann Weckhammer einst so prächtig gekleidet hat, ist dem gedrungenen Känster-

le viel zu geräumig. Er klebt den Bart an die Ohren. Sein Blick streift die Stiefel, und dabei versucht er sich an die Füße Weckhammers zu erinnern. Er zerknüllt ein paar Zeitungen und stopft sie in die steinharten Bottiche. Obwohl er zwei Paar grobwollene Socken anhat, findet er noch immer keinen rechten Halt. Er zieht die Kapuze über den Kopf, schwingt den vollen Sack über die Schulter und ergreift den Krummstab.
Der Abstieg beginnt. Langsam rutscht ihm die Kapuze über Stirn und Augen; der Bart verschiebt sich nach oben und kitzelt seine Nase. Känsterle sucht mit dem linken Fuß die nächste Treppenstufe und tritt auf den Kuttensaum. Er beugt den Oberkörper vor und will den rechten Fuß vorsetzen; dabei rollt der schwere Sack von der Schulter nach vorn, Mann und Sack rumpeln in die Tiefe.
Ein dumpfer Schlag.
In Känsterles Ohren trillert's.
Ein Gipsfladen fällt von der Wand.
»Oh! Jetzt hat sicher der Nikolaus angeklopft!« tönt Rosas Stimme hinter der Tür. Sie öffnet und sagt: »Mein Gott ... was machst du denn da am Boden? Zieh den Bart zurecht, die Kinder kommen!«

Känsterle zieht sich am Treppengeländer hoch, steht unsicher da. Dann holt er aus und versetzt Rosa eine Backpfeife. Rosa heult auf, taumelt zurück; Känsterle stampft ins Wohnzimmer, reißt Rosas Lieblingsstück, einen Porzellanpfauen, von der Kommode und schlägt ihm an der Kante den Kopf ab. Dann packt er den Geschirrschrank; er schüttelt ihn, bis die Scherben aus den Fächern hageln. Dann fliegt der Gummibaum samt Topf durch ein Fenster und ein Winterfenster; auf der Straße knallt es.
»Er schlachtet die Buben ab!« kreischt Rosa durchs Treppenhaus. Auf allen Stockwerken öffnen sich Türen. Ein wildes Gerenne nach oben. Man versammelt sich um Rosa, die verdattert an der Wand steht und in die offene Wohnung zeigt. Als erster wagt sich Herr Hansmann in die Stube, betrachtet die Zerstörungen; ein Glitzern kommt in seine Augen, und er sagt:
»Mein lieber Känsterle, ist das alles?«
Elend hockt der Weihnachtsmann im Sessel, während Paul und Konradle unter dem Sofa hervorkriechen.

Ein kalter Wind zieht durch die Stube.

Wahrnehmungen

Bericht eines Versehrten

Zunächst war es mir recht, sagte der Mann, daß oben Gewölk schob und der Mond also versteckt blieb. Später freilich, im Wald, vermißte ich das Licht. Dann auf einmal dieser schnappende Laut, als das Tellereisen zuschlug. Ich tastete nach der Spannfeder, und es dauerte, glauben Sie mir, nahezu eine Viertelstunde, bis ich das grobgezahnte Eisen zurück und damit das Bein aus der Falle hatte. Mein Glück, es war nicht das linke! Nach Mitternacht kam ich endlich aus der Stacheldrahtzone hinüber auf die sichere Seite, und im Frühlicht besah ich den Schaden gründlich. Das Bein war übel angeschlagen, mehr noch, es war kaputt. Nun, man besorgte mir, auf die herzliche Bitte hin, ein Paar handliche Leichtmetallkrücken. Wissen Sie: ich konnte mich nie richtig an das verdammte Bein gewöhnen. Das Hartholz.

Die Scharniere. Mit den Krücken gehe ich ebenso leicht und rasch wie Sie, ja, ich nehme gerne noch einen Kirsch, wenn Sie gestatten...

Bellezza

Wer die Straße entlangkommt, wer am Neubau vorbeigeht, hört unsere Stimmen, unser rauhes Gelächter und sieht uns nebeneinander auf einem Stapel Baubretter sitzen. Alle schauen fragend zu uns herüber: Wozu diese Ausgelassenheit? Wir haben nichts zu erklären, nein, die Sonne scheint, als wäre es Mai und nicht erst Februar. Wem sollten wir sagen: Die Sonne hat uns närrisch gemacht! Seht doch, sogar der dauernd heisere Gipser zog seine Jacke aus; er hat sie sorgsam gefaltet unter sein empfindliches Gesäß gelegt, ja auch der Gipser sagt: »Kinder, was für ein Tag, nach all der Kälte und Dunkelheit.«

»La primavera!« ruft Gabriele, der kleine Maurer.

»Der Mutter ins Nähkörbchen«, sagt Franz,

»aber ich habe mal nach einem milden Februar einen eiskalten März durchgestanden.«

»Auf der Latrine war's am schlimmsten«, sagt der Gipser. »Kaum saß man auf dem Balken, da fror einem der Blanke ein; er versteinerte wie die Erdschollen vor der Türe.«

»So kalt wird's kaum noch werden«, sage ich. »Immerhin, vor Jahren fiel im Mai noch einmal Schnee. Denkt euch, im Mai! Mein Onkel, der gute Philipp, stand in seinem über alles geliebten Obstgarten; er sagte immer nur: ›Meine Birnen, oh, meine Pastorenbirnen!‹«

»Das war nach dem Krieg und weiter nördlich«, sagt Franz.

»Was war weiter nördlich?«

»Jene Kälte im März. Sibirisch. Ich bewohnte damals einen Abstellraum für Winterfenster direkt unterm Dach. Außer dem Feldbett besaß ich noch eine Kiste, die umgestülpt als Tisch diente, und dazu einen kleinen Petrolofen. Soweit ganz gemütlich also. Bloß das Petroleum fehlte.«

»Bellezza!« ruft Gabriele. Er nimmt den Calabreser vom Kopf; er wirft ihn hoch und

nochmals hoch. Wir schauen zur Straße hinüber. Eine Frau geht langsam vorbei. Sie lächelt. Sie trägt eine weiße Ansteckblume am Pelz, und sie lächelt.
Bellezza. Primavera.

Zwanzig Jahre

Die Sitzbank auf der Rheinpromenade gegenüber der Kaserne. Dort saß ich einmal eine gute Stunde lang ungestört, über mein Ringheft gebeugt, bis ich einen hageren grauen Mann neben mir bemerkte. Er mußte lautlos herangekommen sein. Ich klappte das Heft zu, versenkte den Stift in die Rocktasche und beschloß, nach einigen Minuten Abwarten mit Anstand zu verschwinden. Zunächst sah ich über das Wasser, dann wanderten meine Augen mit den Wellen flußabwärts gegen die Brücke, deren zartgrün gestrichenes Eisenwerk elegant und gewichtlos auf drei schmucklosen Kalksteinpfeilern lag. Am Bug des mittleren Pfeilers hing eine Tafel mit einer knallend rot eingekreisten zweistelligen Zahl. Ich entzifferte eine Null, konnte jedoch nicht ausmachen, ob die andere eine Sieben, eine Neun oder eine Zwei darstellte.

Der Mann neben mir räusperte sich: ».... Zwanzig ist keine hohe Zahl, nicht wahr, und innerhalb von zwanzig Sekunden können wir gemächlich bis zwanzig zählen.«

»Gewiß«, sagte ich überrascht.

Er fuhr fort: »Zwanzig Tage sind eine kurze Zeit im Leben. Zwanzig Monate freilich ziehen sich schon etwas hin, und zwanzig Jahre ergeben mehr als tausend Wochen oder ... ja, das sind siebentausend und dreihundert Tage.«

»Eine Menge Zeit, wenn man sie vor sich hat«, sagte ich.

Er musterte mich: »Sie werden ungefähr vierzig Jahre alt sein. Stimmt's?«

»Knapp zweiundvierzig«, sagte ich und streckte mich dabei ein wenig. Einige Spatzen flogen schilpend auf ins Lindengeäst.

»Sie sind nur vier Jahre jünger als ich.«

»Wirklich? Ich schätzte Sie um etliche Jahre über Fünfzig. Entschuldigen Sie, daß ich so direkt bin.«

Er nickte. Und nach einigem Schweigen:

»Wenn Sie an die letzten zwanzig Jahre Ihres Lebens zurückdenken, kommt Ihnen diese Zeitspanne lang vor?«

»Gar nicht«, sagte ich.

»Schön. Sie haben unbekümmert gelebt. Sie haben niemals am Abend auf den Morgen und am Morgen auf den Abend gewartet.«

»Was meinen Sie damit?«

»Ich habe immer gewartet.«

»Zwanzig Jahre lang?«

»Volle zwanzig Jahre.«

Wir schwiegen. Ein Schleppschiff schwamm flußabwärts; auf Deck flatterte Wäsche an der Leine.

Er begann erneut: »Wenn Sie wüßten, wer da Ihr Nachbar ist...«

»Ja?«

»...Sie würden sich nach einer anderen Bank umsehen.«

»Nun, solange Sie mich nicht beschimpfen, ein Messer in den Leib rennen oder, das Schlimmste, mich etwa anpumpen, gefällt es mir gut hier.«

Er nahm einen Kieselstein auf: »Sie würden zu den wenigen Ausnahmen gehören.«

»Ein Mord«, sagte ich.

»Der Verteidiger nannte es Raub mit töd-

lichem Ausgang, aber die Geschworenen fackelten nicht lange.«
Er ließ den Kieselstein fallen.
»Und jetzt«, sagte ich, »wie kommen Sie zurecht?«
»Mir scheint oft, als hätte ich lediglich die Zelle gewechselt.«
»Das ist aber eine sehr geräumige Zelle, darin allerhand vorkommt. Schauen Sie: wieder ein Schiff! Diesmal ein Holländer. Als kleiner Bub hatte ich lange den Wunsch, unbedingt Kapitän zu werden. Sie nicht auch?«
Er lächelte: »Nein, Lokomotivführer!«
»Auch gut«, sagte ich und tastete nach dem Stift in der Rocktasche. Der Titel stand bereits fest: ›Zwanzig Jahre.‹

Unser Koch

Jene Nudeln, die uns der immer ungewaschene, dauernd besoffene Koch auftrug, schmeckten abscheulich. Die Untersuchung im leerstehenden Stall, den wir zur Küche eingerichtet hatten, dauerte kurz. Der Kerl

hatte eine Tüte voll Putzpulver anstatt geriebenen Käse über die Mahlzeit geschüttet.
Eine Gelegenheit, ihn loszuwerden. »Hau ab, Drecksack«, sagten wir.
Aber um zehn Uhr abends war er noch immer da; er hockte in der Schlafbaracke herum und betrachtete trübsinnig seine aufgeplatzten Schuhe.
Und am nächsten Morgen zockelte er mit Abstand hinter uns auf das Torffeld hinaus, blieb den ganzen Vormittag über am Feldrand und schaute zu uns herüber. Ein herrenloser Hund, so schien er uns.
Wir waren allesamt hartgesotten, aber seine traurigen Bettelaugen rührten uns schließlich. Er durfte den Torf, der endlos und wie ein dicker brauner Schlangenleib unten aus der Maschine schoß, mit einem alten Bajonett in Stücke schneiden. Diese Arbeit gefiel ihm. »Es ist wie Brot schneiden oder Fleisch«, sagte er glücklich.
Anderntags stellte der Dorfwirt einen ausgedienten Festwiesentisch in seine Scheune und nahm uns in Kost. Dem Koch machte es nichts aus, daß er immer nur ganz unten für sich am Tisch sitzen durfte.

Besuch bei Franz

Manchmal lösen sich Blätter aus dem Ahorngeäst; sie segeln auf den Kiesweg herab oder werden vom Wind über die Gräber getrieben. An der Buchshecke bleiben sie hängen.
Ich lese die Namen und Zahlen auf den Steinen und Kreuzen; ein langes Leben, ein kurzes Leben; eines war vor siebzehn Jahren zu Ende, ein anderes vor fünf Jahren und ein drittes in diesem Frühjahr. Genau gesagt, im April.
Ich spucke im Bogen über den Kiesweg. Für Franz. Und weil es für ihn geschieht, gelingt es mir prächtig. Dort, wo die herrlich blauen Astern in der Blechbüchse stehen, liegt Franz.
Er spuckte oft in seine mörtelgrauen Hände. Das war seine Art. Und einmal spuckte er dem zitronengesichtigen Parlier vom Gerüst herunter präzise auf den Kopf. Was für ein Krawall! Der Parlier zappelte unten zwischen Sandhaufen und Bretterstapeln herum: »Cretino!« schrie er herauf. »Kartoffelfresser!« schrie er.
»Tabaksaft, noch immer das beste Mittel gegen Läuse!« rief Franz nach unten. Ich hielt

mich an einer Planke fest; die Welt verschwamm vor meinen Augen, nein, ich habe selten so gelacht.
Wenige Tage später fiel Franz vom Gerüst. Unbegreiflich. Franz fiel fünf Stockwerke tief.
Übrigens hat der Parlier dem Franz verziehen; er kam feierlich schwarz zur Bestattung und hat als einziger geweint.
Verstehe einer diese Südländer!

Grillen

Also schleppten wir einen gepreßten Strohballen über den gefrorenen Hof in die Tenne. Dort zerschlug ich mit einem Spaten die Drähte, und wir breiteten das Stroh auf dem Boden aus. Dann kam der Bauer; er brachte Wolldecken.
»Daß ihr hier ja nicht raucht!« sagte der alte Mann sorgend. Mit einem »Gute Nacht!« tappte er zurück ins Haus.
Ich blies die Stallaterne aus. Wir zogen in der Pechschwärze die Decken über uns. Sie rochen scharf nach Pferdeschweiß. Manch-

mal, wenn wir uns rührten, knisterte das Stroh wie ein staubtrockenes Feuer.

»Zeit, endlich unterzukommen, bevor Schnee fällt«, sagte ich.

Karl grunzte; es konnte ebenso ja wie nein bedeuten. Vor zwei Tagen hatte er sich unterwegs an mich gehängt, und seit zwei Tagen war er neben mir hergetrottet. Er sprach selten ungefragt, lächelte meist einfältig oder schnitt unversehens Grimassen. Klar, er hatte einen Tick. Ich lag schon ganz dicht am Schlaf, als seine Hand mich zurückholte.

»Sie haben mich wieder gefunden, hörst du?«
»Was soll ich hören?«
»Die Grillen!«
»Grillen im November? Das ist der Wind; er zieht durch die Sparren.«
»Nein, Grillen! Sie wetzen und wetzen auf einem Ton. Im Haar sitzen sie mir, näher, in den Ohren! Sie krabbeln überall auf mir herum!«

Ich griff in die Hemdtasche nach der Schachtel, riß ein Streichholz an und entzündete die Laterne. Vor mir sein verrücktes Irgendwohergesicht, bartstoppelig, flackernd wie die Flamme am Docht.

»Hörst du denn nicht?«
Ich schüttelte den Kopf.
Er packte meine Schultern.
»Du mußt sie doch hören!«
Ich spürte am Griff, daß ich unterliegen könnte.
»Still!« rief ich, »jetzt hör ich die Grillen, laß mich los!«
Karl kroch unter seine Decken zurück. Ich stand auf und zog meine Ölhaut an.
»Wohin?« fragte er, und im Ton lag Angst.
»Auf den Hof. Ich besorge noch ein Licht.«
»Ja, mach das, mach das«, sagte er.
Draußen wirbelte dünner Schnee. Ich ging abseits der Straße über weitgestreckte Brachfelder und betrat erst in der Frühe wieder Asphalt. Hundert Schritte ein Telephonmast ... hundert Schritte ein Telephonmast ... hundert Schritte ein ... zuckerig eine hell beleuchtete Tankstelle und schräg gegenüber das Schild mit den Beschriftungen: Mannheim, Karlsruhe, Freiburg.
Ich rechnete die Zahlen daneben zusammen; sie ergaben 372 Kilometer bis Basel. Ich ging auf die Tankstelle zu.

Keine Post
für Fräulein Anna

Zunächst galt es, den Komposthaufen umzuschichten, das Unkraut in den Beeten auszujäten, das große Rasenstück hinter dem Haus zu mähen und schließlich die Buchshecke zu schneiden. Ich begann an der Hecke. Die Mistarbeit am Ende des Gartens, dort wo das Dickicht beginnt, wollte ich mir bis zuletzt aufsparen. Es war um sieben in der Frühe und so still, wie es sich nur ein Villenviertel leisten kann um diese Zeit.
Erst nach acht pfiff schallend ein Milchmann herum, und wenig später rannte ein Bäckerbub beladen mit Brot den Kiesweg entlang. Dann kam ein massiver Mensch, ein Metzger. Er schaute mürrisch und grüßte nicht zurück. Seltsam: es war, als hätte er im Vorübergehen kurzerhand die Stille eingesackt. Plötzlich fuhren Vögel zankend aus dem Platanengeäst nieder ins Gebüsch und wieder

zurück, auf der Straße wurde ein Auto heftig gebremst, die Wagentür schlug, und dann folgte ein wüstes Geschimpfe.

›Frieden, komm wieder‹, dachte ich.

Wer kam, das war ein Briefträger, der stehenblieb und mir beim Heckenschneiden zusah. Ich muß sagen, daß ich es nicht leiden kann, wenn einer wie angewurzelt dasteht und gafft, während ich arbeiten muß. Ich ließ die Schere sinken.

Der Mann rückte seine Tasche zurecht und sagte: »Ich habe im vergangenen Frühjahr einen Schrebergarten erworben, wissen Sie, ich möchte das Gemüse nun selber ziehen.«

Ich nickte ihm zu: »Da haben Sie ganz recht.«

»Wie ist das mit dem Spinat?«

Spinat? Keine Ahnung.

»Sie als Gärtner können mir sicher sagen, welche Sorte ich säen soll.«

»Nehmen Sie Popeye oder Ironman«, sagte ich, »– das sind die weitaus besten!«

»Augenblick! Das ist schwer zu behalten; ich muß es aufschreiben.« Er suchte nach einem Zettel in seiner Tasche.

»Haben Sie Post für mich, Herr Fähnabel?«

Wir schauten zum Haus hinüber. Am Balkongeländer stand eine hübsche Person.
»Guten Morgen, Fräulein Anna!« gab er zurück, »– nein, auch diesmal nichts für Sie.«
Fräulein Anna sah auf den Briefträger herab, sah noch immer erwartungsvoll herab, als könne sie seinen Worten nicht glauben. Dann drehte sie sich brüsk um und verschwand durch die Flügeltüre. Fähnabel starrte ihr nach.
»Das Stubenmädchen?« fragte ich.
Keine Antwort.
Ich wiederholte meine Frage und musterte Fähnabel dabei verstohlen. Der Briefträger hörte nichts, er war leicht wie ein Traumwandler an der Fassade hochgestiegen und hinter Fräulein Anna her ins Haus geschwebt.
»Fräulein Anna wartet wohl schon lange auf Post?« sagte ich laut.
Fähnabel kam allmählich zu sich: »Ja? Sagten Sie eben etwas?«

Am nächsten Morgen regnete es streng. Den drei Barockengelchen am Seerosenweiher lief das Wasser über die Pausbacken; es sickerte

im Platanenlaub, im Efeu, im Gras, und ein Geruch von frühem Herbst hing in der Trauerweide. Himmel, was für ein Tag! Ich beschloß, das Unkraut wachsen zu lassen, zog das Gummituch an und holte den Sichelmäher aus dem Geräteschopf. Ich warf den Motor an und marschierte gemächlich hinter dem knatternden Ding her über den Rasen.
Sie kamen gleich wie am Vortage: erst der Milchmann, dann der Bäckerbub und schließlich mit Abstand der mundfaule Metzger. Blieb noch der Briefträger. Fräulein Anna war schon mehrmals auf den Balkon herausgekommen und hatte nach ihm ausgespäht. Es ging auf Mittag, aber Fähnabel zeigte sich nicht. Es wurde Nachmittag, die Stunden lösten sich ab, allesamt regnerisch grau, aber nichts von Post, nein, der Kiesweg lag die ganze Zeit über verlassen da.

Die Beete trockneten rasch ab. Nur an den schattigen Stellen hielt sich die Erde feucht. Zwischen den Berberitzen wucherte das Unkraut besonders dicht.
»Mühsam?«
Ich richtete mich auf: Fähnabel! »Sie wur-

den gestern den ganzen Tag erwartet«, sagte ich und deutete gegen das Haus.
Fähnabel betrachtete das Beet: »Hm –, früher konnte ich Kraut und Unkraut kaum auseinanderhalten. Jetzt, da ich den Garten habe, ist das anders geworden. Hm –, eben fällt mir ein: wie wäre es mit Rettich? Ein Nachbar empfahl mir Chinesischen Rosaroten, kennen Sie diese Sorte?«
Rettich! Vorgestern Spinat. Warum nicht auch Kohlrabi, Schwarzwurzeln, Fenchel ... Statt dessen sagte ich: »Und ob! Ich aß ihn immer. Freilich: seit einiger Zeit ist mir der Lange Bayrische Valentin noch lieber. Zart! Sie glauben es nicht.«
Fähnabel suchte wieder nach seinem Zettel.
»Haben Sie heute Post für Fräulein Anna?« wollte ich wissen.
Fähnabel zog einen Bleistift aus der Brusttasche: »Aufschreiben. Wie heißt er?«
»Wenn nicht, dann stand Fräulein Anna auch heute vergebens am Fenster.« Ich sagte es mit einer Spur von Bedauern in der Stimme.
Der Briefträger streckte seinen Hals: »Warum hängt sie sich an diesen Burschen!«
»Welchen Burschen?«

»Ein Jugoslawe. Vor ein paar Wochen fuhr er wegen einer Familiensache heim nach Split. Dort ist er geblieben.«

»Woher wissen Sie denn, daß er in Split blieb?«

Fähnabel schwieg. Ein verstocktes Schweigen trennte uns plötzlich. Was stimmte nicht mit ihm? Was? Er haßte den andern!

Fähnabel hob die Hand an die Mütze. »Ich muß gehen«, sagte er.

»Denken Sie«, begann ich, »– vor Monaten schrieb ich einen Brief nach Nancy.«

»Nancy«, sagte Fähnabel.

»Dieser Brief kam nie an. Ich forschte vergeblich nach. Verloren, hieß es.«

»Verloren«, sagte Fähnabel.

»Aber...«

»Aber?« sagte Fähnabel gespannt. Auf seinen Wangen zeigten sich zwei brennend rote Flecken. »Wie wollen Sie es beweisen?« sagte er nach einer Weile still.

»Wenn die Beete sauber sind, muß ich noch den Kompost umschichten. Dann ist Schluß. Morgen bin ich nicht mehr da.«

Ich griff nach der Hacke und machte mich an die Arbeit. Kurz darauf hörte ich das Gartentor ins Schloß fallen.

Nava

Der alte Nava sitzt vor seinem Haus unter dem Vordach und verstärkt einen brüchigen Weidenkorb mit Draht. Er muß sich Zeit lassen mit solch einer schwierigen Arbeit, denn sein Verstand ist ein wenig ungelenk, und die Hände sind nicht mehr flink.
Die Hühner spazieren vor ihm herum; eines davon flattert auf die Sitzbank; Nava scheucht es nicht fort wie sonst immer; er muß jetzt genau überlegen, wie die Verstrebungen am Korbboden anzubringen sind.
›Ich werde ihn ganz neu machen‹, denkt er, ›oder doch fast wie neu!‹ und beugt sich über das Geflecht.
Eine Viertelstunde verrinnt. Nava arbeitet; er hört bloß mit halbem Ohr, daß ein Fuhrwerk die Dorfstraße heranholpert; er hebt seinen Kopf erst, da ihn jemand anruft. Serao ist es, der Schweinehändler.
»Hör mal«, ruft er, »ich komme eben von

Maregno zurück; man sagt, daß es Gavino schlecht geht. Er liegt im Sterben!«
Serao wischt sich mit einem dreckigen Sacktuch den Schweiß vom Gesicht.
Keine Antwort. Nava schaut den Schweinehändler mißtrauisch an.
»Dumm!« sagt Serao schließlich, »ich fahre morgen früh nicht hinüber, sonst hätt ich dich mitgenommen.«
Er rückt den Hut zurecht und ergreift die Zügel. Der Wagen rasselt davon, eine Staubwolke hinter sich herziehend. Nava spürt ein Kitzeln in der Nase und muß niesen.
»Das versteh ich nicht«, murmelt er und läßt den Korb sinken. »Gavino ist doch erst einundsiebzig, und wir haben noch vor ... vor vierzehn Tagen miteinander Wein getrunken. Im Sterben? Seit er nicht mehr in den Steinbruch geht, ist mehr Leben in ihm als vorher!«
Nava nimmt den Korb wieder auf. Aber er ist nicht richtig bei der Sache. Der Bericht des Schweinehändlers hat ihn aufgestört, und es erweist sich als unmöglich, den Korb zu flicken und dabei an Gavino zu denken, den Freund, mit dem man so manches Jahr

im Steinbruch gearbeitet hat. Er schiebt den Korb unter die Bank und starrt auf die Hühner, ohne sie wirklich zu sehen. Was jetzt? Gavino im Sterben! Nava muß sofort nach Maregno hinüber. Sicher hat Serao ein wenig geschwindelt, dieser Wichtigtuer, nicht umsonst nennt man ihn allerorten ein Waschweib!

Und dann hat Nava, wie es ihm zukommt, einen mannhaften Entschluß gefaßt. Er wird die Abkürzung durch die Felder machen. Das schafft er leicht, gewiß, und er kann kurz nach Mittag bei Gavino sein. Nava tappt also durch den Hausflur und kommt in die Küche. Er nimmt die abgewetzte Ledertasche vom Gestell und versorgt sich mit einer Flasche Wein, etwas Brot und mit einem Stück Schafkäse. Dann späht er durch das Fenster. Teresina, die Tochter, jätet Unkraut im Garten; ihr rotes Kopftuch bewegt sich zwischen den Gemüsebeeten hin und her.

»Besser, ich sage nicht, wo ich hinwill!« Er ist in letzter Zeit vorsichtig geworden; zu oft hörte er die scheltende Stimme Teresinas: Was? Zu Gavino, dem Säufer, willst du! Bleib lieber da. Weißt du nicht mehr, wie du das letztemal heimkamst? Im Graben mußten wir dich auflesen, Madonna, das ganze Dorf hat gelacht!

»Nein«, murmelt Nava gegen das geschlossene Fenster, »ich habe keineswegs vergessen, daß ich in den Graben gefallen bin, und ich werde mich heute nicht betrinken, wer weiß, Gavino...«

Er angelt seinen Hut vom Türhaken herunter und verläßt ungesehen das Haus.

Möglich, daß gegen Abend ein Gewitter aufzieht. Die Luft zittert wie ein gläsernes Feuer über den verlassenen Feldern, kein Vogel zeigt sich, die Grillen sind verstummt, und die vereinzelten Bäume werfen nur kurze Schatten. Nava lacht sein mürbes Altmännerlachen; er ist zufrieden mit sich. Die halbe Wegstrecke nach Maregno hat er bewältigt. Jetzt sitzt er mit dem Rücken am Stamm einer wilden Akazie und ruht aus. Er kaut sein Brot, den scharfen Käse und spült zwischendurch beides mit einem Schluck Wein hinunter.

Manchmal raschelt es im Maisfeld nebenan. Obwohl kein Hauch von Wind zu spüren ist, raschelt es; aber das stört den Alten weiter nicht. Da sind Rebhühner drin oder Hasen. Nachdem er gegessen hat, döst er eine Weile vor sich hin; er nickt, und sein Kinn berührt die Brust...

... Nava möchte doch gern wissen, wer da im Mais herumläuft! Ihm scheint, als bahne sich jemand einen Weg mitten durch die engstehenden Stauden. Er möchte aufstehen; da tritt Gavino aus dem Feld heraus. Nava träumt nicht. Teresina sagt manchmal: Vater, du träumst am hellen Tag; du siehst Dinge, die gar nicht da sind!
Gavino ist da. Es gibt keinen Zweifel, und Nava findet es ganz in Ordnung, daß sein Freund ihn sucht.
»Gut, dich zu sehen«, sagt er, »stell dir vor, Serao hat erzählt, du seist im Sterben!«
Gavino ist langsam herangekommen. Er bleibt stehen und lacht lautlos. Er steht stämmig vor Nava im hohen Gras, Gavino, dieser Sonntagsbruder, dieser Spaßvogel mit der kühnen Nase und dem struppigen Schnauz.
»Jetzt wollen wir tüchtig Wiedersehen feiern«, sagt Nava und fügt listig hinzu, »– aber nicht bei mir daheim. Du weißt, Teresina wird böse, wenn sie uns zusam-

men sieht. Übrigens: ich fiel das letztemal auf dem Heimweg in den Graben. Nicht schlimm, nicht schlimm! Es war einfach der Preis, den ich für unser Fest am Nachmittag bezahlen mußte.« Er deutet auf die Flasche: »Komm, nimm einen Schluck!«
Gavino lacht nicht mehr. Er schüttelt den Kopf.
Nava staunt: »Du willst keinen Wein! Bist du krank? Wollen wir nach Maregno gehen? Es ist ja nicht weit...«
Gavino schüttelt wieder den Kopf.
»Was ist denn mit dir los?« will Nava wissen. »Du siehst mich so merkwürdig an!«
Gavinos Augen sehen aus, als säße der graue Star darin.
»Sag doch ein Wort!«
Nichts. Gavino wendet sich still um und geht auf das Maisfeld zu. Der Alte sieht, wie er hinter den Stauden verschwindet.
»Gavino!« schreit Nava.
Es bleibt still. Die Sonne ist ein ordentliches Stück vorgerückt; die Baumschatten haben sich sachte verlängert, und am Horizont steht eine Wetterwand.
Nava rappelt sich auf die Beine; er stolpert

ins Maisfeld, er sucht es nach allen Seiten ab, ein paar Rebhühner stieben auf, Nava schreit nach Gavino und weiß doch bis mitten in sein aufgeregtes Herz hinein, daß er Gavino verloren hat.

Bei Wein und Nüssen

Die Kellnerin saß hinten in der Stube neben der Theke und las in einem Buch. Sie hatte die Ellbogen aufgestützt, und das Buch vor ihr auf dem Tisch war in ein braunes Packpapier eingeschlagen.
Es war still. Außer dem Mann am Fenstertisch vorne waren keine Gäste da. Der Mann konnte hören, wie die Kellnerin die Buchseiten umblätterte.
›Es ist beinahe so still hier wie daheim‹, dachte er und sah gegen das Fenster.
Draußen standen Bäume, beladen mit Schnee. Manchmal ging jemand eingemummt am Fenster vorbei und verschwand lautlos in der Winternacht.
Er trank sein Glas leer. Dann langte er nach der Karaffe und füllte nach. Der Wein bildete einen zarten Stern im Glas.
›Wein, der einen Stern bildet, ist gut‹, dachte er und stellte die Karaffe auf ihren Platz zurück, ›aber ich trinke ihn allein.

Seit beinahe neun Monaten trinke ich ihn allein.‹

Die Kellnerin sah von ihrem Buch auf: »Haben Sie gerufen?«

»Nein«, sagte der Mann.

»Mir war, als hätten Sie gerufen«, sagte sie und beugte sich wieder über das Buch.

Er sah zu ihr hinüber: ›Sie sieht ordentlich aus, und sie hat schönes Haar. Was liest sie wohl? Was für ein Buch mag das sein? Wahrscheinlich ein Roman aus der Leihbibliothek; irgendeine Liebesgeschichte wird es sein.‹

Er betrachtete die Leserin nun aufmerksam: ›Aber sie sieht gut aus, und ihr Haar ist sehr schön, besonders jetzt, da das Licht darauf fällt.‹

Die Kellnerin hob den Kopf; sie fühlte sich beobachtet.

»Nein, ich habe nicht gerufen«, sagte er und griff nach dem Teller, der angefüllt mit Nüssen mitten auf dem Tisch stand. Er preßte zwei der Nüsse in der Faust gegeneinander, und die nachgebenden Schalen machten ein leise krachendes Geräusch. Während er langsam einen Kern aus dem Gehäuse löste, dachte er: ›Wein und Nüsse!

Wie oft hatten wir das zusammen auf dem Tisch. Und es war immer großartig. Es war.‹
»Es sind sehr gute Nüsse, finden Sie nicht?« sagte die Kellnerin freundlich.
Er sah überrascht hoch: »Danke, sie sind ausgezeichnet.«
»Leider haben wir nicht mehr viel von dieser Sorte«, sagte sie und sah ihn offen lächelnd an.
»Sie sind wirklich vorzüglich«, wiederholte er, »ich habe nie bessere Nüsse gegessen, und das Gute dabei ist, der Wein gewinnt; er wird noch schmackhafter.«
Er goß den Rest Wein aus der Karaffe ins Glas und nahm einen Schluck.
Die Kellnerin hatte ihn die ganze Zeit über angesehen; sie lächelte noch immer, und ihr Blick und das Lächeln bewegten ihn. Es war wie eine leicht gesponnene Brücke von Tisch zu Tisch zwischen ihnen, und er hatte auf einmal den Wunsch zu sagen: Darf ich zu Ihnen hinüberkommen?
Aber er sagte es nicht. Er schwieg und tippte mit dem Zeigefinger an das Glas.
Die Kellnerin klappte das Buch zu: »Sie saßen letzte Woche am selben Platz wie jetzt«, sagte sie.

»Erinnern Sie sich so genau?«
»Ja, und Sie blieben nicht lange.«
»Es waren zu viele Leute da.«
»Das mögen Sie nicht.«
»Früher ja. Aber jetzt nicht.«
Es blieb eine Weile still, und er hörte eine Turmuhr schlagen. Die Schläge kamen langsam durch die Frostnacht.
»Sie haben Pech gehabt«, begann die Kellnerin wieder leise. »Sie sind im Unglück«, verbesserte sie sich, »– nehmen Sie es nicht so schwer...«
»Nein«, sagte er.
»Ich würde es Ihnen nicht sagen, aber Sie sprechen manchmal laut vor sich hin...«
»Nein«, wiederholte er.
Er vernahm ihre Stimme von weit her: »Seien Sie nicht so hart, und nehmen Sie es nicht so schwer«, sagte die Stimme beharrlich, während er in den Teller griff und eine Nußschale herausnahm. Er legte die halbe Schale nachdenklich auf seine Handfläche und betrachtete sie: ein kleines, unbemanntes Boot, ein winziges Stück Strandgut.
Die Kellnerin schwieg; sie sah ihn an, als erwarte sie eine Antwort.
›Ich bin nicht soweit‹, dachte er.

Aber während er nachdachte, war in ihm ein zaghaftes Gefühl von Vertrauen und Einverständnis. Es dauerte nur kurz wie ein schmales Licht, eine kleine Flamme.

»Müssen Sie nicht schließen?« fragte er endlich.

»Das eilt nicht. Lassen Sie sich Zeit.«

»Es ist spät, und Sie sollen Feierabend haben.«

»Es eilt wirklich nicht«, sagte sie, »außerdem muß ich nicht aus dem Haus; mein Zimmer ist oben.«

»Trotzdem sollte ich jetzt gehen!« Aber er zögerte, sein Glas auszutrinken.

Der Soldat und ein Hausdiener

Der Soldat öffnete die Augen, drehte den Kopf zu seiner Armbanduhr, die auf dem Nachttisch neben dem Bett lag, sah: zehn vor neun, legte sich wieder zurecht, zog das Leintuch an das Kinn, lag still und horchte auf das Geräusch des Regens, der, vom Wind getrieben, an die Fensterscheiben prasselte. Er brauchte sich nicht zu beeilen mit dem Aufstehen, sein Zug fuhr erst nach elf, er konnte noch gut eine Stunde lang im Bett bleiben, in diesem sauberen, gefederten Hotelbett, das ihm der freundliche Hausdiener knapp vor Mitternacht angewiesen hatte und darin er sich nun völlig ausgeruht fühlte. Er lag still auf dem Rücken, blinzelte gegen die makellos weiße Decke und versuchte sich an den Namen des Hotels zu erinnern. Hieß das Haus ›Zum Löwen‹ oder ›Zum Bären‹? Hieß es ›Zur

Traube‹? Gleichviel, das Bett war wunderbar, war nicht so schmal wie das Eisengestell in der Kaserne, und zudem stand es allein in diesem Zimmer. Da gab es keinen Nachbarn links und rechts, dessen Husten ihn wachhielt, niemand faselte, niemand lag da wie ein Klotz, niemand stank!
Das Haus müßte ›Zum Schwanen‹ heißen. Wenn es einen Schwan im Schild führt, bekommt der Hausdiener ein besonderes Trinkgeld, jawohl. Der Soldat lächelte ein wenig über sich, er hob die Arme und verschränkte sie unter dem Kopf. Dann begann er das Zimmer zu mustern. Auch die Möbel sahen ordentlich aus, der Schrank, der Tisch und der Stuhl, über dessen Lehne ganz unsoldatisch das Unterzeug hing – alles stand schlicht im Holz und zeigte eine regelmäßig dunkle Maserung. Und auch Bilder hingen da, zwei kleine Kunstdrucke, beide von gekehlten Leisten eingefaßt. Er betrachtete zunächst das kleinere, ihm an der Wand gegenüber hängende Bild. Ein Feldblumenstrauß bot sich über einem bauchigen Steingutgefäß. ›Das Durcheinander von Blau, Grün, Weiß, Gelb und Rot macht das Bild sehr lebendig‹, dachte der

Soldat anerkennend, ›– und der Zitronenfalter auf dem gezackten Blatt sieht zum Greifen echt aus.‹ Er kniff die Augen zusammen, gewiß, er mochte dieses gemalte Stückchen Sommer, er mochte es besonders an diesem so trüben, naßkalten Morgen. Dann drehte er den Kopf zu der fensterlosen Längswand des Zimmers, sah Napoleon auf einem Schimmel reitend, eingehüllt in einen feldgrauen Wollmantel, den berühmten Hut tief in das wachsgelbe Gesicht gezogen, sah Napoleon umgeben von seinen Generälen, Obersten und Hauptleuten, die mit ihrem Kaiser über eine dick verschneite russische Einöde ritten. In ziemlichem Abstand, hinten, in der Tiefe des Bildes, das keinen Horizont aufwies, denn Himmel und Erde verschwammen grau und weiß ineinander, marschierten wohlgeordnet, Reihe um Reihe, die Grenadiere.
Der Soldat stützte sich auf den rechten Ellbogen. Er mußte die ordengeschmückten Eroberer doch genau ansehen. Diese entschlossenen Feuerfresser unter ihren Pelzmützen, Helmen und Federbüschen. Großartig! Meine Herren, wenn ihr damals gewußt hättet ... Wann, damals? Wann

froren diesen Verrückten die Nasen ab? Wann ersoff das Fußvolk in der eisigen Beresina?

Er legte sich auf das Kissen zurück. Achtzehnhundertfünfzehn? Nein, früher. Es muß anno zwölf oder dreizehn gewesen sein. Saalbauer, der Primus, wüßte genau Bescheid. Das gefinkelte Saalbäuerlein mit dem phänomenalen Gedächtnis kannte die Daten aller wichtigen Gemetzel, begonnen beim Untergang der Kreter bis in die Gegenwart. Wie gerne wär dieser Zwerg doch Soldat geworden...

Aber wieso kam er denn auf Saalbauer? Richtig: wegen des Korsen da drüben. Der war ein unruhiger Mann, ein Korse eben, ein fataler Held, also zog er nach Rußland, und damit Schluß. Der Soldat drehte sich auf die linke Seite, sah hinter der feingewirkten Gardine ein grau verwischtes Stück Himmel, sah Schnee, der dicht und körnig wie Reis niederfiel. Er starrte gegen das Fenster mit leeren Augen, und dann schloß er sie, das harte Licht schmerzte ihn.

Kurz darauf klopfte jemand behutsam an die Türe.

»Ja?« rief der Soldat und setzte sich auf.

Der Hausdiener schob sich, ebenso behutsam, wie er geklopft hatte, halbwegs herein. Er trug ein blütenweißes Hemd zu seiner schwarzen Samtweste, daran die Goldknöpfe blinkten. Sein schütteres Haar war akurat gescheitelt und nach hinten gebürstet.

»Verzeihung, ich dachte, Sie schlafen noch. Sollten Sie nicht zum Bahnhof? Mir ist, Sie sagten gestern nacht, daß Sie um elf wegfahren müssen.«

»Gewiß, ich muß.« Die stille Art des Mannes gefiel dem Soldaten, und er fügte hinzu: »Kommen Sie doch bitte herein, ich möchte Sie etwas fragen.«

Der Hausdiener kam über die Schwelle; er ließ die Türe einen Spalt offen hinter sich.

»Wie heißt dieses Hotel? Beim Herkommen habe ich nicht auf den Namen geachtet, ich war zu müde, müssen Sie wissen.«

Um die Augen des Hausdieners zeigten sich unzählige Fältchen. Er lachte. Wie ein Kobold sah er aus. Er hielt den Kopf schief und lachte, lachte ... Der Soldat sah verlegen beiseite, er guckte in die Luft, irgendwohin. – ›Was für ein Schaf ich doch bin‹,

dachte er, und sein Jungengesicht bekam einen herben, beinahe männlichen Ausdruck durch diese simple Feststellung.
»Sicher«, sagte der Hausdiener, und jetzt lachten nur noch seine Augen: »– die Treppe machte Ihnen allerhand zu schaffen.«
»Ich war ein wenig ... Wie?«
»Sie kamen trotzdem tadellos ins Bett.«
»Ein gutes Bett. Ein gutes, stilles Zimmer. Ich danke Ihnen.«
Der Hausdiener deutete eine Verbeugung an: »Meyers Stadthotel ist das erste Haus am Platz«, sagte er.
»Aha«, machte der Soldat.
»Darf ich Sie noch bitten, den Meldezettel auszufüllen. Er liegt auf dem Tisch. Verschreiben Sie sich nicht. Heute ist der zweite Januar neununddreißig. Zu Beginn des neuen Jahres schreiben die Gäste, vielfach der Gewohnheit folgend, noch die alte Jahreszahl ein.«
Der Soldat nickte. Dann drehte er sein Gesicht nach rechts, sah Napoleon, die Generäle, die Obersten und Hauptleute, sah die Grenadiere, wie sie Reihe um Reihe der allmählich einfallenden Nacht entgegenmarschierten ... »Achtzehnhundertzwölf«, hörte

er den Hausdiener sehr leise sagen, und er nickte wieder.
Dann ging die Türe, er blieb allein.
Draußen wirbelte der Wind jetzt dicke Schneeflocken aufwärts am Fenster vorbei...

In der Baracke

Am Vormittag sah es nach Regen aus, es roch geradezu nach Nieselwetter, aber dann kam Wind auf, Wind, der das Gewölk vertrieb und jetzt anhaltend über das Dach hinstreicht.
Ich höre ihn; aus einer sanften Tuba geblasen, so weht er, um weiter in die Ferne zu fahren.
Großzehe schläft auf der Ofenbank, Jenner und der Artillerist sitzen sich am Tisch gegenüber; sie spielen Karten, während der Koch, eine Armlänge vom Tisch entfernt, seitlich hinter dem Artilleristen sitzen und zuschauen darf, nichts anderes, denn der Koch ist vom Spiel ausgeschlossen, weil er das Mogeln nicht lassen kann. Ich selber stehe herum, füttere den Ofen mit Birkenscheiten, setze mich zuweilen ans Fenster, reibe die dunstbeschlagene Scheibe blank und äuge hinaus.
Was erwarte ich denn? Ich sehe nur, was

wir alle hier seit Wochen vor Augen haben: unsere Werkstatt, den Wald.
Eigentlich wollte ich in der Frühe zur Siedlung aufbrechen, wie sonst immer sonntags. Jetzt bin ich zu spät dran. Ich hätte nicht auf Großzehe hören sollen. »Bleib lieber da«, hat er gesagt, »– ich spür's in allen Knochen, ein Sauwetter kommt!« Dieser Prophet. Wenn er anfängt zu schnarchen, laß ich ihm ein Stückchen Birkenrinde ins Maul fallen.
»Nun aber raus mit dem Zehner!« sagt der Koch.
Der Artillerist dreht sein Genick: »Du hast mir nicht zu sagen, was ich auszuspielen habe. *Du* schon gar nicht.«
Jenner lacht: »Der Zehner gehört ohnehin mir. Hier liegt Trumpf-Sieben; der Rest lauter Böcke. Machst du noch mit, Kanone?«
»Klar«, sagt der Artillerist. Er wirft seine Karten auf den Tisch, schiebt das ganze Spiel zusammen und beginnt zu mischen. Ich greife nach einer dick verstaubten Kartonschachtel, die in der Ecke auf dem Wandbrett steht. Ein verbogenes Brillengestell ohne Gläser kommt zum Vorschein,

ein Gummifinger, eine vergilbte Photographie: Großzehe strammstehend, die Brust gewölbt im Ringkämpferleibchen, einen Lorbeerkranz auf dem damals schon kahlen Haupt. Weiter eine ausgetrocknete Tube Rheumasalbe, drei Tannzapfen und eine zerbrochene Zahnprothese. Die Sammelwut Großzehes! Da taugen alle Vorhaltungen nichts. Sein Spind im Schlafraum ist vollgestopft mit Flaschen aller Größen, mit billigem Blechkram und abgenütztem Werkzeug.

Ich gehe zum Ofen, schaue mich verstohlen nach Großzehe um, öffne die Klappe und schiebe die Schachtel ins Feuer. Dann setze ich mich wieder ans Fenster.

Hinter dem Rücken des Artilleristen lacht der Koch hämisch. Der Artillerist murmelt: »Verdammt noch mal!« Er ist ein schlechter Verlierer; er sollte nicht spielen, nicht um Geld und nicht gegen Jenner. Gegen Jenner gewinnen heißt ein Geschenk erhalten, das nachher dreifach zurückbezahlt werden muß. Der Artillerist will das aber, stur wie er ist, nicht einsehen.

Im Ofen knallt es. Sicher das Gebiß.

Großzehe fährt aus dem Schlaf hoch; er

blickt wild um sich und ballt eine Hand zur Faust.

Ich deute gegen den Ofen: »Der war's.«

»Ach so«, sagt Großzehe. Er schneuzt sich, er sperrt das Maul auf, ein Loch ohne Zähne. Dann fällt er auf die Bank zurück, räkelt sich zufrieden und schließt die Augen.

Ich ziehe den Tabakbeutel aus der Hosentasche, nehme ein Blättchen Zigarettenpapier und drehe mir ein Dickerchen.

Der Koch schüttelt den Kopf: »Wie lange willst du die Dame noch zurückhalten? Bis sie ein Kind kriegt? Raus damit!«

»Wer spielt denn hier, du Spinatwachtel«, brüllt der Artillerist, »spielst du oder ich, was?«

»Leider nicht ich«, sagt der Koch.

»Noch ein Wort, und du bist Koch gewesen, verstehst du, gewesen!«

»Laß ihn doch«, sagt Jenner, »verloren hast du sowieso.«

»Nein«, behauptet der Artillerist, »nein, noch lange nicht! Und du, Koch, gehst jetzt in die Küche und machst mir ein Käsebrot. Besser noch ein Salamibrot. Ich habe Hunger, Kohldampf hab ich. Das heißt: du

machst mir ein Käsebrot und ein Salamibrot. Hast du das kapiert?«
»Nicht die Laus«, sagt der Koch, »– mach deine Brote selber. Mein Dienst beginnt erst um sechs.«
Jenner hebt die Achseln: »Der Koch muß nicht.«
»Muß nicht«, sage ich.
»Apfelmus!« sagt Großzehe versonnen.
»Wir spielen nachher weiter«, sagt der Artillerist beleidigt. Er geht auf die Küchentüre zu.
Inzwischen hat sich der Wind verstärkt; er fährt brausend durch die Baumkronen, zerrt am Dach und wispert in den Fugen. Mir ist, als säße ich in einer Streichholzschachtel, daran eine Hand herumfingert.
»Drachen!« sagt Jenner. »Hast du als Bub auch Drachen steigen lassen im Herbst?«
»Freilich, Jenner«, sage ich, »Drachen und Papierschwalben. Alles, was federleicht war und flog!«
Nach einer Weile sagt Jenner: »Wir waren arm zu Hause; es standen meistens nur Kartoffeln und Heringsalat auf dem Tisch, und an Weihnachten bekam ich die ausgetragenen Hosen meines Bruders Görgi, der

weit über einen Kopf größer war als ich.
Aber wenn die Trauben süß und zum Stehlen reif wurden, begann eine wunderbare
Zeit. Der Vater nahm uns mit an die Werkbank im Keller; er wollte einen Drachen
basteln, und Görgi durfte ihm dabei helfen. Da wurde Papier zurechtgeschnitten
und Kaltleim verrührt und Pulverfarbe
mit Wasser vermischt und Holzstäbchen
mit Glaspapier abgerieben, und bei all diesem Eifer entstand ein großer Drachen. Und
am nächsten Tag trugen wir ihn hinaus auf
die Viehweide des Bauern. Dort blieb Görgi stehen und streckte seinen nassen Zeigefinger in die Luft, obwohl man gut feststellen konnte, woher der Wind kam. Aber
auch ich leckte meinen dreckigen Zeigefinger ab und hielt ihn in die Höhe; damals
machte ich dem Görgi alles nach, denn er
war mein großer und tüchtiger Bruder. Und
Görgi wickelte vom Knäuel ein ordentliches Stück Schnur ab; ich mußte stehen
bleiben und den Drachen halten. Dann
schrie er herüber: ›Achtung, hochhalten!‹ und
rannte los, als wäre der Bauer wegen den
Trauben hinter ihm her. Die Schnur schlingerte durchs Gras; sie straffte sich, und ich

ließ unseren Papiervogel fahren. Oft stieg der Drachen beim ersten Mal leicht in die Höhe, und Görgi mußte nicht wie ein Besessener abspulen oder aufwinden. Aber oft hatten wir bitter zu kämpfen; er stieg eine Weile, brach plötzlich seitwärts aus und torkelte zu Boden. Was für ein herrliches Gefühl war es aber, wenn wir ihn oben, ganz oben hatten, so daß kein Endchen Schnur mehr übrigblieb. Wir standen winzig im Gras und schauten zu dem Untier auf; es lag schräg gegen den Wind, und sein Schweif fackelte lässig hin und her...«
Jenner schweigt. Sein Gesicht ist ganz kindlich und träumerisch geworden. So muß er ausgesehen haben, damals, als er winzig im Gras stand und zum Drachen aufschaute.
Großzehe bewegt sich: »Von was redet ihr?«
»Von Drachen«, sagt der Koch.
»Verflucht!« sagt Großzehe, »ich hab einen daheim.«
Der Artillerist kommt aus der Küche. Er läßt sich, noch immer kauend, auf seinen Stuhl fallen. »Hätt ich vorhin nicht Kreuz verworfen, hätt ich gewonnen«, sagt er nebenbei.

Der Koch grinst: »Hätt der Hund nicht gekackt, hätt er den Hasen gefangen!«
Ich beobachte den Artilleristen; er sitzt da und schweigt finster. Die Bemerkung des Kochs kann er doch unmöglich überhört haben.
»Also los«, sagt Jenner. Ein Fensterladen, vom Wind losgerissen, paukt unablässig gegen die Wand.
Ich nehme die Aquavitflasche vom Wandbrett und halte sie gegen das Licht.
»Oh, welch betrüblicher Tiefstand!« ruft Großzehe.
Der Sägereibesitzer hatte wie üblich am Samstag die Küche mit Rauchwürsten, Speck, dürren Bohnen, Mais, Kartoffeln, Käse, Salat, Kaffee und Ruchbrot versorgt und mir am Schluß, kurz bevor er heimfuhr, den Aquavit zugesteckt, ein Schnaps, so wasserklar und feurig, daß wir jedesmal schnaubten wie Rösser, wenn uns ein Schluck in die Kehle kam.
»Koch, geh und häng den Laden ein«, sagt der Artillerist, »dieses andauernde Gepolter macht mich nervös.«
»Ja, mach ihn fest«, sagt Jenner.
»Häng ihn ein«, sage ich.

»Häng dich auf!« sagt Großzehe versonnen.
»Na so was«, sagt der Koch, »du warst doch bei der Artillerie!«
Ein Grunzen folgt. Der Artillerist packt den Koch am Kragen; er zerrt ihn vom Stuhl und gegen die Türe.
»Vorsicht, mein Hemd«, schreit der Koch, »– zerreiß mein Sonntagshemd nicht, mein einziges!«
Die Türe fliegt auf und wieder ins Schloß; sie sind draußen.
»O Koch, wie sehr wirst du dich verändern!« sagt Großzehe versonnen.
Wie friedlich es mit einem Male ist. Jenner bündelt gelassen die Spielkarten. Im Ofen sackt ein Scheit nach unten. Warum bin ich nicht zur Siedlung gegangen? Ich stelle die Flasche auf das Wandbrett zurück. Großzehe wird sich heimlich über den Rest hermachen. Kunde kenn. Kenn Mathilde oder tipple so! Jetzt kommen wieder sechs harte Tage bis zum nächsten Feiertag.
Die Türe wird aufgestoßen. Der Koch kommt herein; er setzt sich an den Tisch: »Machen wir ein Spielchen, Jenner?«
Jenner betrachtet den Koch erstaunt.

»Komm, sei doch nicht so«, bittet der Koch, »– ich werde auch ganz bestimmt nicht mogeln!«
»Kanone?« fragt Jenner.
»Draußen«, sagt der Koch, »kühlt sich ein wenig den Arsch.«
Ich rücke zum Fenster. Der Artillerist hockt in einer Regenpfütze. Verblüfft hockt er da in einem lehmigen Wasser; ein Faden Blut läuft aus seiner Nase ans Kinn und tropft von dort weiter aufs verdreckte Schemisett.
»Oh, wie es mich wieder reißt«, sagt Großzehe, »– wenn ich nur wüßte, wo die Rheumasalbe hingeraten ist!«
Ich nehme die Petrolfunzel vom Wandbrett. Die Dämmerung verdichtet sich sachte. Am Bergrücken drüben, der gleichfalls zu unserer Werkstatt gehört, denn auch dort hält der Wald die Hänge besetzt, steigt und fällt ein Krähenzug gegen den Wind seinem Schlafplatz entgegen.

Das Haus in der Vorstadt

Das Haus, darin ich meine Jugend verbracht habe, stand in der Vorstadt. Ich war knapp einjährig, als wir einzogen, und ich mußte mich bereits zweimal wöchentlich rasieren, als wir es für immer verließen.
Ich weiß nicht genau zu sagen, wann es errichtet wurde; sicher ist nur, daß der Baumeister ein Kauz war, denn er stellte es, mit Erkern, Balkonen, Stuckwerk und falschen Giebeln verziert, mitten in eine Reihe unauffälliger Bürgerhäuser. Es wirkte komisch in dieser Umgebung, es sah aus wie ein etwas liederliches Weib, das von flachbrüstigen, braven Mädchen flankiert wird. Aber das Haus hatte nicht nur dieses *eine* Gesicht.
Ich erinnere mich an einen heißen Sonntagnachmittag im August; ich saß auf einer Steintreppe gegenüber unserer Wohnstatt

und wartete auf einen Spielkameraden. Er kam nicht. Vielleicht war er mit seinen Eltern über Land oder zum Baden gefahren, und ich hockte nun ganz mir selbst überlassen da und hatte nichts vor den Augen als die ausgestorbene Straße und das unablässige Flimmern der Luft über dem Asphalt.
Ich sah gelangweilt zu dem Haus hinüber, und auf einmal schien es mir vollkommen fremd. Mir war, als sei es seit Jahren unbewohnt, ein gemiedenes Haus, ein Haus, das hinter seinen Mauern doppelte Böden und hohle Wände verborgen hatte, ein Haus, in dem unheimliche Dinge geschahen.
Das Entsetzen packte mich, ein Gefühl, wie es mir bisher nie widerfahren war, und mein Herz blieb auch dann noch verwirrt, als das vertraute Gesicht der Mutter am Fenster erschien und mir zulachte.
In der nächsten Zeit setzte ich mich öfters auf die Treppe und lauerte unversehens hinüber, gespannt, ob sich die seltsame Verwandlung wiederholen würde. Nichts davon. Das Haus stand wie immer; es ließ sich das verschrobene Gesicht von der Sonne bescheinen, und hinter den Fenstern bewegten sich seine Bewohner, die außer dem

Schreiner Mild durchwegs rechtschaffene Leute waren.

Mild soff lästerlich. Mild mußte jedesmal in der Nacht nach dem Zahltag von seinen Wirtshauskumpanen in die Dachwohnung hinaufgeschafft werden. Eine böse Sache! Der dicke Schreiner schätzte diese handfeste Hilfe keineswegs; er hielt sich mit plumper Kraft am hölzernen Geländer fest und zerbrach dabei stets einige Staketen. Ein paarmal ist es ihm auch gelungen, uns vor die Wohnungstüre zu kotzen.

»Dieser Schweinehund macht das nur, weil er mich nicht leiden kann!« sagte mein Vater erbittert.

Einzig Herr Dipold nahm Mild ein wenig in Schutz. »Er hat eine schwachsinnige Tochter, vergiß das nicht«, sagte der zierliche Uhrmacher jeweils nachsichtig zu mir und beugte sich dann seufzend wieder über seinen Werktisch.

Ludwig Dipold war ein gütiger alter Mann, Junggeselle wohl darum, weil er Zeit seines Lebens zu schüchtern gewesen war, sich einer Frauensperson zu nähern. So hatte er denn auch niemand, der ihm seine zwei Stuben im Erdgeschoß in Ordnung hielt, ganz zu schweigen von seiner abgetragenen Kleidung, daran immer etwas zerrissen war oder einige Knöpfe fehlten. Sauber an ihm blieb nur der steife Gummikragen; den putzte er jeden Samstag mit Benzin.

Während der schulfreien Nachmittage schlüpfte ich manchmal in die Vorderstube, die Ludwig Dipold als Werkstatt diente, und setzte mich neben den Tisch. Ein unaufhörliches Ticken erfüllte den verstaubten Raum. An den Wänden hingen Uhren, Uhren aller Größen und verschiedenster Ausführungen. Ich wartete still das Ende der Stunde ab. Mit der letzten Sekunde ging's los: klapp! Die Türen der Kuckucksuhren sprangen auf; die hölzernen Vögel reckten ihre Hälse und schrien wie verrückt. Es wisperte, schlug und schrillte aus allen Gehäusen um mich herum, indessen die Gewichte an den Ketten eine Spanne abwärts rasselten.

»Nun?« fragte Herr Dipold nachher.

»Die Musik!« sagte ich.

Er schlurfte gehorsam in die Hinterstube, die außer ihm niemand betreten durfte, und brachte ein Kästchen hervor, das er mit

einem kleinen Schlüssel aufzog und dann behutsam auf den Tisch stellte.
Eine zauberhafte Musik begann; ein zartes, gläsernes Gebimmel stieg aus dem schwarzlackierten Ding, und es war, als verfingen sich die Töne in den fast unmerklich zitternden Spinnweben an der Decke. Die Musik stimmte mich auf eine sanfte Art heiter, aber ich machte ein verschlossenes Gesicht, besonders wenn Herr Dipold mich ansah und ehrfürchtig »Mozart!« sagte.

Später, als man mir bei Eiermann & Zinkhut die ersten langen Hosen anpaßte, ging ich nur noch selten in die Werkstatt. Ich fühlte mich erwachsen und hatte eine Liebschaft, die mich ungemein beschäftigte. In jener Zeit begann mein Vater beharrlich zu klagen: »Das Herz, das Herz! Wir sollten im Erdgeschoß wohnen.« Die drei langen Treppen machten ihm Mühe. Wir suchten also eine andere Wohnung und fanden sie in einem entlegenen Viertel. Damit war die ohnehin lockere Bindung zu Dipold abgerissen, und ich kam erst einige Jahre darauf wieder in die Vorstadt.
Er saß am Tisch, als ich eintrat.

»Sie wünschen?« fragte er unwirsch und sah mich dabei mit trüben Augen an.
»Die Musik!« sagte ich leise.
»Ah!« machte er, »daß du mich besuchst.« Er tastete nach seiner Brille: »Wie geht's deinem Vater?«
»Er starb vor einem halben Jahr. Wußten Sie das nicht?«
Dipold schüttelte den Kopf. »Nein«, sagte er dann, »ich habe nämlich keine Zeitung mehr.«
Ich sah mich in der Stube um: vier kahle Wände. Nur über der Türe hing einsam eine häßliche Küchenuhr, die verdrossen tickte.
»Herr Dipold!« sagte ich erschrocken.
Er saß versunken da und gab keine Antwort. Er saß einfach da, ein alter Mann, der abwesend auf den Türvorleger unter dem Tisch starrte.

Heute denke ich an Ludwig Dipold, wie man sich manchmal an einen längst verschollenen Freund erinnert. Sein verwischtes Gesicht taucht flüchtig vor mir auf und lächelt nachsichtig. Zwei oder vielleicht drei Monate nach unserem so traurigen

Wiedersehen wollte ich ihn nochmals aufsuchen. Ich kam die Vorstadtstraße entlang und blieb mitten auf der Fahrbahn stehen. Das Haus war abgerissen. Hinter einem Bretterzaun sah ich ein schwarzes Loch, die Baugrube.
Vom Johannesturm schlug es fünf. Es war ein strahlender Herbstabend.

Dreimal Kopfschütteln

Gegen vier Uhr gab ich auf. Ich überlas den vorläufigen Schluß: »... stehn sie beisammen still, als käme ein Feierabend«, schob den Schreibblock weg und griff nach der Zigarettenpackung rechts auf dem Tisch. Die Hülle war leer, die letzte Zigarette hatte ich irgend und völlig mechanisch während der Arbeit angezündet, zu Ende geraucht und den Stummel zu den neunzehn anderen Stummeln in den Aschenbecher gepreßt.
Ich gehöre zu den Leuten, die vor dem Einschlafen und gleich nach dem Aufwachen eine Zigarette rauchen. Also: auf zum Automaten! Die Straßenlampen brannten noch in der beginnenden Dämmerung; ihr Licht beschien parkierte Autos, vereinzelte Bäume und den Asphalt. Ich war allein unterwegs. Entlang der Malefizgasse fiel mir ein: ›Hast du ein Frankenstück?‹ In meinem Portemonnaie sah ich einen Fünfliber, den

nötigen Franken und etwas Kleingeld. Am Eschenplatz vor dem Automaten steckte ich den Franken in den Schlitz und zog am Schubladengriff. Nichts. Die Schublade blieb wie angeschweißt in ihrem Fach. Verdutzt stand ich vor dem Gehäuse, vor solidem Stahl und Glas, dahinter gestapelt die Sorten lagen. Dann schlug ich mit flacher Hand gegen den Schlitz, um den Silbernen endgültig zum Fallen zu bringen; ich zerrte am Griff, drückte auf die Rückgabetaste, aber das Geld fiel nicht.
Ich fluche.
»Nicht fluchen!« sagte jemand hinter mir.
Ein alter, kleiner Mann sah mich verkniffen an. Nur ein verschrobener Sektierer konnte einen solch verrückten Hut und zu grobwollenen Socken Reform-Sandalen tragen.
Ich nickte ihm zu: »Können Sie mir fünf Franken wechseln?« Dann zeigte ich auf den Automaten: »Funktioniert nicht. Wenn ich nachschiebe, fällt das Geld vielleicht.«
»Vielleicht«, sagte er, wobei ich dieses ›Vielleicht‹ auf das Wechselnkönnen bezog.
Er griff aber nicht in die Tasche, er kam auf mich zu und sah an mir hoch: »Ich rauche nicht, und Sie sollten es auch lassen.«

Er hob die Stimme: »Manchmal haben auch die Automaten recht. Nehmen Sie es als Fingerzeig...«

Fingerzeig! Wenn ich das höre, laufe ich davon. Er sah mir nach, und bestimmt schüttelte er seinen sauren Kopf.

Eine Möglichkeit blieb, zu einem Franken zu kommen: Paul.

Freund Paul, Nichtraucher und voll Verständnis für meine Süchtigkeit, wohnt in der Nähe vom Platz an der Pirschgasse. Die Pirschgasse ist ein schmaler, kurzer Schlauch, von abbruchreifen Häusern gesäumt. Pißgasse müßte sie heißen, weil nach Mitternacht die Besoffenen, faselnd oder versunken, in den Mauerwinkeln das Wasser abschlagen.

Es wurde allmählich hell, als ich auf den Klingelknopf drückte. Kein Laut. Jeder andere hätte jetzt aufgegeben. Ich nicht. Ich begann Steinchen zu sammeln und warf sie gegen Pauls Schlafzimmerfenster. Umsonst. Paul schlief dickfellig weiter.

»Den Hausschlüssel vergessen?« Ein mächtiger Kerl, Schädel wie Rübezahl, stand neben mir.

»Kannst du mir fünf Franken wechseln?«
Er rieb an seiner knolligen Nase herum und schwieg.
»Hab ich nicht«, sagte er endlich. »Ein Zehnernötli und auf den Tschent genau fünfundsiebzig Rappen.«
»Dann vielleicht eine Zigarette?«
»Auch damit ist's Essig. Ich rauche wenig. Manchmal eine Toscani beim Jassen.«
»Pech«, sagte ich.
»Ich muß zum Schinagel. Salü!« Er klemmte seine Tasche unter den Arm und ging davon. Nach ein paar Schritten drehte er sich um: »Geh doch zur Hasenbergstube. Die machen um sechs auf!« Er ging breitbeinig. Wohin? Zum Schinagel.
Komisch.

Die Hasenbergstube liegt in der Altstadt. Es ging gegen sechs, als ich zur Tür kam. Sie war verschlossen. Hinter dem Türfensterchen hing ein Kartonschild: »Am Montag schläft der Wirt!« Ich schüttelte den Kopf. Also heim. Am Marktplatz stand ein Taxi. Der Fahrer stieg eben ein, ließ den Motor anspringen und fuhr davon. Mit einer Tasche voll Wechselgeld.

Ich ging weiter. Arbeiter auf Fahrrädern und Mopeds fuhren ihrem Tagewerk entgegen, auch Fußgänger, alle schneller als ich, begegneten mir, überholten mich. Wieder in der Nähe der Pirschgasse, auf dem anderen Trottoir, sah ich einen Eisenbahner. Ich schüttelte den Kopf. Meinen vernagelten Kopf. Seit fünf Uhr hatte das Bahnhofbuffet offen. Ich schlug einen Haken. Ich rannte beinahe.

Justus oder Im Sommer sind Mansarden heiß

*Für Frank Geerk, meinen Freund,
mit Dank für manche Ermunterung*

Justus Wienach ist ein junger Mann, der sich die Hose mit der Beißzange anzieht, sage ich, der ich Justus seit Jahren kenne.
Wer Justus besuchen will, ich will das nicht oft, muß in das Industriequartier der Stadt fahren oder gehen, je nachdem. Entlang der Straße, an der Justus wohnt, stehen junge Bäume, die so verstaubt sind, daß man ihr Grün nicht sieht. Autos am Straßenrand zu parkieren ist erlaubt, Fahrräder an die Häuserwände zu stellen hingegen verboten. Jedermann kann sich vorstellen, wie ein Haus im Industriequartier, kurz vor dem Ersten Weltkrieg erbaut, aussieht; außen grau und grämlich, das Treppenhaus ein dumpfer Schacht aus Gips und Linoleum.

Justus wohnt oben. Wer zehn Treppen geschafft hat, vorbei an mißhandelten Türen, steht vor seiner Mansarde, dampfend aus allen Löchern. Auf das Klopfzeichen öffnet Justus die Tür zunächst nur einen Spalt breit und späht kurzsichtig heraus. Dann öffnet er ganz:
»Ah, du bist es. Lange nicht gesehen, komm rein.«
Noch immer erschöpft vom Aufstieg, falle ich auf den einzigen Stuhl, ein schwankendes Gestell.
»Leider kann ich dir nichts anbieten«, sagt Justus und legt sich auf das Bett, wie immer ungemacht. Er verschränkt die Arme hinter dem Kopf; wir schweigen.
Auf den Dachziegeln draußen und im Raum liegt ein brandheißer Augustnachmittag. Die von den Wettern ausgedörrten Fensterläden sind halb geschlossen; im Dämmerlicht erkenne ich das unverändert armselige Gelumpe, darin Justus haust.
»Wie geht's mit der Arbeit?« frage ich endlich.
»Kannst du bei dieser Hitze arbeiten?« murmelt Justus. Und nach einer Pause: »Meine Erzählung ist vor zwei Tagen zu-

rückgekommen. Die Gedichte sind unterwegs.«
»Du bist wirklich ein erfolgreicher Schriftsteller.«
Eine dicke Fliege brummt aufsässig in der Mansarde herum, setzt sich kurz nieder und zieht erneut wirre Kreise.
»Verdammtes Biest«, sagt Justus und: »Wann warst du das letzte Mal hier?«
»Ich. Im Januar oder Februar, glaube ich. Jedenfalls war es damals verdammt kalt hier oben.«
»Mein Onkel hatte eine Klimaanlage«, sagt Justus matt.
Inzwischen hat die Fliege das Loch gefunden; sie saust zwischen den Fensterläden hindurch ins Freie.
»Wie geht's denn deinem Onkel?«
»Dem geht es gut. Er lebt nicht mehr.«
Justus steht auf; er geht zwei, drei Schritte zum Tisch, zieht die Schublade heraus, kramt darin, findet das Gesuchte, einen handgeschriebenen Brief, den er mir über den Tisch reicht. Ich stehe auf, rücke den Stuhl ans Fenster, setze mich vorsichtig nieder und entziffere eine wacklige Schrift:

Lieber Neffe,
ich liege seit vierzehn Tagen im Sankt-Anna-Krankenhaus. Die Schwestern sind, mit zwei Ausnahmen, sehr nett. Das Essen ist ganz passabel, aber das Kompott esse ich nie. Vergessen wir die Schwierigkeiten, die wir immer miteinander hatten, ja, ich möchte mit dir über eine wichtige Sache reden, ich muß demnächst sterben und hoffe, daß du mich in den nächsten Tagen besuchst.

                              Dein Onkel Karl

»Du hast ihn besucht?«
Justus hat sich aufs Bett zurückgelegt: »Ja, ich bin hingegangen. Er lag im vierten Stock, erster Klasse. Ich komm ins Zimmer und sehe seinen Kopf auf dem Kissen, gelb und zerknittert wie immer. Ich frag ihn, wie es ihm denn geht, er zuckt nur die Achseln. Gleich beginnt er zu weinen, denke ich und gebe ihm eine Tafel Schokolade. Aber er beginnt nicht zu weinen, keine Spur. Er hat nie in seinem Leben geweint, dieser Geizkragen. Und daß er erster Klasse lag, kam mir seltsam vor. Er zog die Augenbrauen hoch und sagte kühl: Daß du meinen Brief bekommen hast, beweist mir, du wohnst noch immer in deinem miesen Loch. Daraufhin

zog ich einen Stuhl zum Bett, gespannt, was nun folgen werde. Zunächst folgt aber gar nichts. Onkel Karl sieht mich nur von Zeit zu Zeit schief an. Dann kommt es plötzlich: Justus, sagt er, ich muß sterben. Ich denk, ich hör nicht recht: muß Onkel Karl jetzt wirklich abkratzen? Wer wird denn gleich vom Sterben reden, sage ich. Doch, doch, beharrt er, ich werde bestrahlt, und was das bedeutet, weißt du auch. Ja, aber, wenn ... Kein Aber, unterbricht mich der Onkel, jetzt hat's mich erwischt, und bald ist es aus. Kann ich was für dich tun, Onkel Karl, frage ich, nun doch etwas belämmert. Nein, sagt er, ich will etwas für *dich* tun. Du kriegst meine Wohnung. Ich denk, ich hör nicht recht: ich erbe seine Eigentumswohnung! Und stell dir vor, mein Lieber, drei Tage später saß ich auch schon drin: vier Zimmer, Küche, Bad, Balkon, Lift!«
Ich suche nach einem Aschenbecher, finde aber nur eine leere Sardinenbüchse.
»Ja, was machst du dann hier?«
»Hast du mir auch eine Zigarette?« fragt Justus.
Ich werfe ihm das Päckchen zum Bett hinüber.

»Also, was machst du hier?«
»Ich erzähl dir's gleich«, sagt Justus, »glaub mir, manchmal konnte ich's gar nicht fassen, mein Glück, und habe mich beim Onkel, den ich mindestens dreimal in der Woche besuchte, immer wieder bedankt. Endlich konnte ich mich bewegen. In einem Zimmer schlief ich, in einem Zimmer wollte ich schreiben, im dritten aß ich und im vierten ... na ja. Einmal nahm ich einen Gammler aus der Pinte herauf, der blieb dann ein paar Tage, versaute mir die Küche und verschwand. Und was passiert? Dreimal darfst du raten: nach vier Wochen oder so, wer kommt, das Köfferchen in der Hand, angeschustert? – Onkel Karl. Mir scheint, ich habe noch eine Gnadenfrist, sagt er und tritt herein.«
Justus drückt die Zigarette aus.
»Hat er dich rausgeschmissen?«
»Nein, gar nicht. Er bat mich, zu bleiben. Er brauche nur ein Zimmer für sich. Wenn ich ihm ab und zu Besorgungen machen könne, sei's schon recht. Ich ging ihm also zur Hand. Schon am nächsten Morgen weckt der mich um acht, zu einer Zeit, wo vernünftige Leute noch friedlich pennen. Ob ich mir auf dem Balkon ein Schwein gehalten

hätte, fragt er mich. Ich müsse unbedingt den Balkon schrubben, er mache uns inzwischen ein weichgekochtes Ei. Am Nachmittag mußte ich ihm ein Kapitel aus Spenglers ›Der Untergang des Abendlandes‹ vorlesen, obwohl er das sicher schon fünfmal durchgeackert hat. Zuerst lag er auch tagsüber meistens im Bett, so daß ich manchmal zu mir selber kam. Da gelang es mir, die Erzählung zu schreiben, die ja jetzt zurückgekommen ist.«

Justus schweigt. Wahrscheinlich denkt er über die Gedichte nach und wann die wohl zurückkommen. Mich plagt der Durst; neben dem Bett steht eine halbleere Bierflasche. Ich greife sie, hole mir das Zahnputzglas vom Waschbecken und schenke ein. Hundsgewöhnliches Wasser. Soll ich was zu trinken holen? überlege ich mir. Der Gedanke an die finsteren Treppen schreckt mich ab.

»Tja, und dann wurde Onkel Karl täglich lebendiger«, sagt Justus. »Bei gutem Wetter mußte ich ihn in den Stadtpark bringen. Da saßen wir dann auf einer Bank, und ich mußte mir seine Weisheiten über mein Unvermögen, es zu etwas Rechtem zu bringen, anhören. Schriftsteller, schnaubte er verächtlich. Und am Abend wollte er immer Eile mit Weile spielen. Wenn ich gewann, wurde er bodenlos wütend. Als das Toilettenpapier, das ich gekauft hatte, ausging, besorgte ich neues. Du hättest sehen sollen, wie er da aufbrauste: das sei reine Verschwendung, Zeitungspapier tue es auch. Da ist mir der Kragen geplatzt. Ich schrie ihn an, das halte ich nicht mehr aus, das macht mich kaputt, ich gehe! Er war beleidigt und meinte, ich sei der gleiche Dickschädel wie seine verstorbene Schwester, meine Mutter. Ich nahm meine Siebensachen unter den Arm, ging zum Lift, vertippte mich um einen Knopf und landete prompt im Keller. In der Hoffnung, die Bude hier sei noch frei, ging ich zu Frau Rackler zurück und fragte sie, ob sie mich wieder nähme. Stell dir vor, ich hatte noch Glück, die Alte mag keine Gastarbeiter und ist daher die Mansarde inzwischen nicht losgeworden. Und wer möchte sonst schon hier wohnen?«

»Was zahlst du eigentlich?«

»Jetzt will die Alte achtzig, zehn mehr als vorher. Übrigens, könntest du mir nicht bis zum Monatsende etwas aushelfen? Ich hab noch für eine Buchbesprechung Honorar zugut.«

Ich zieh mein Portemonnaie heraus, lege ihm eine kleine Note auf den Tisch und weiß: die sehe ich nicht wieder. Irgendwie bewundere ich Justus eben doch, wie er es schafft, sich nie zu verkaufen und trotzdem über die Runden zu kommen.
»Warst du bei seiner Beerdigung?« frage ich.
»Ich war nicht«, sagt Justus, »habe es auch erst nach der Bestattung erfahren. Vor ein paar Wochen treffe ich Frau Rackler im Treppenhaus, sie bleibt stehen, guckt mich so komisch an und sagt: Ich kondoliere ihnen, Herr Wienach. Danke schön, sage ich, aber zu was? Sie wackelt fassungslos mit dem Kopf: Ihr Onkel ist doch letzte Woche gestorben, es stand in der Zeitung. Da stieg ich in die Mansarde hoch, und da liege ich jetzt. Hätte ich noch eine Weile durchgehalten, läge ich nicht hier.«
»Na ja«, seufzt Justus, steht auf, geht zum Fenster, nestelt am Hosenlatz, schiebt die Fensterläden etwas auseinander; ich höre, wie er über das Fensterbrett in die Dachrinne schifft.
Tief unten auf der Straße hat der Feierabendverkehr eingesetzt.